U0088109

三 雅典文化

挨拶 ◆ ありがとう ◆ すみません ◆ いい ◆ わるい

残念 ◆ 大 ◆ すごい ◆ 面白い ◆ お願い ◆ はい ◆ いいえ

好き ◆ 嫌い ◆ 上手 ◆ 下手 ◆ 持ち ◆ 分 ◆ 大丈夫 ◆ 危ない

★ 最實用的 ★
日文單字
排行榜100名

雅典日研所

残念 ◆ 大 ◆ すごい ◆ 面白い ◆ ｜え

好き ◆ 嫌い ◆ 上手 ◆ 下手 ◆ わち ◆ 分 ◆ 大丈夫 ◆ 危ない

本当 ◆ うそ ◆ いくつ ◆ いくら ◆ いつ ◆ だれか ◆ どうして

どう ◆ どこ ◆ どなた ◆ どの ◆ どれ ◆ しかし

それから ◆ でも ◆ ここ ◆ そこ

気 ◆ 趣味

アニメ ◆ パン

電話 ◆ 行事 ◆ お祝 ◆ 勉 ◆ 理由

援 ◆ おめでとう ◆ 国 ◆ 学校 ◆ 会社

友達 ◆ ニュース ◆ 寫 ◆ 肉 ◆ 食べ物 ◆ 味

食事 ◆ 飲み物 ◆ 家 ◆ 家具 ◆ 色 ◆ 数字 ◆ 時間 ◆ 日付

曜日

動物

+ MP3
附50音發音表

◀ 從最實用的單字開始學起！▶

日本人最常用到的單字是什麼？
會什麼單字最能即時派上用場？
本書列出最實用的日文單字排行
提供快速記憶、觸類旁通的單字庫捷徑
幫您快速養成日語實力！

50音基本發音表

清音
●track 002

a ㄚ	i ㄧ	u ㄨ	e ㄝ	o ㄡ
あ ア	い イ	う ウ	え エ	お オ
ka ㄎㄚ	ki ㄎㄧ	ku ㄎㄨ	ke ㄎㄝ	ko ㄎㄡ
か カ	き キ	く ク	け ケ	こ コ
sa ㄙㄚ	shi ㄒ	su ㄙ	se ㄙㄝ	so ㄙㄡ
さ サ	し シ	す ス	せ セ	そ ソ
ta ㄊㄚ	chi ㄑㄧ	tsu ㄘ	te ㄊㄝ	to ㄊㄡ
た タ	ち チ	つ ツ	て テ	と ト
na ㄋㄚ	ni ㄋㄧ	nu ㄋㄨ	ne ㄋㄝ	no ㄋㄡ
な ナ	に ニ	ぬ ヌ	ね ネ	の ノ
ha ㄏㄚ	hi ㄏㄧ	fu ㄈㄨ	he ㄏㄝ	ho ㄏㄡ
は ハ	ひ ヒ	ふ フ	へ ヘ	ほ ホ
ma ㄇㄚ	mi ㄇㄧ	mu ㄇㄨ	me ㄇㄝ	mo ㄇㄡ
ま マ	み ミ	む ム	め メ	も モ
ya ㄧㄚ		yu ㄧㄩ		yo ㄧㄡ
や ヤ		ゆ ユ		よ ヨ
ra ㄌㄚ	ri ㄌㄧ	ru ㄌㄨ	re ㄌㄝ	ro ㄌㄡ
ら ラ	り リ	る ル	れ レ	ろ ロ
wa ㄨㄚ		o ㄡ		n ㄣ
わ ワ		を ヲ		ん ン

濁音
●track 003

ga ㄍㄚ	gi ㄍㄧ	gu ㄍㄨ	ge ㄍㄝ	go ㄍㄡ
が ガ	ぎ ギ	ぐ グ	げ ゲ	ご ゴ
za ㄗㄚ	ji ㄐㄧ	zu ㄗ	ze ㄗㄝ	zo ㄗㄡ
ざ ザ	じ ジ	ず ズ	ぜ ゼ	ぞ ゾ
da ㄉㄚ	ji ㄐㄧ	zu ㄗ	de ㄉㄝ	do ㄉㄡ
だ ダ	ぢ ヂ	づ ヅ	で デ	ど ド
ba ㄅㄚ	bi ㄅㄧ	bu ㄅㄨ	be ㄅㄝ	bo ㄅㄡ
ば バ	び ビ	ぶ ブ	べ ベ	ぼ ボ
pa ㄆㄚ	pi ㄆㄧ	pu ㄆㄨ	pe ㄆㄝ	po ㄆㄡ
ぱ パ	ぴ ピ	ぷ プ	ぺ ペ	ぽ ポ

拗音 　　　　• track 004

kya ㄎㄧㄚ		kyu ㄎㄧㄩ		kyo ㄎㄧㄡ	
きゃ	キャ	きゅ	キュ	きょ	キョ
sha ㄒㄧㄚ		**shu ㄒㄧㄩ**		**sho ㄒㄧㄡ**	
しゃ	シャ	しゅ	シュ	しょ	ショ
cha ㄑㄧㄚ		**chu ㄑㄧㄩ**		**cho ㄑㄧㄡ**	
ちゃ	チャ	ちゅ	チュ	ちょ	チョ
nya ㄋㄧㄚ		**nyu ㄋㄧㄩ**		**nyo ㄋㄧㄡ**	
にゃ	ニャ	にゅ	ニュ	にょ	ニョ
hya ㄏㄧㄚ		**hyu ㄏㄧㄩ**		**hyo ㄏㄧㄡ**	
ひゃ	ヒャ	ひゅ	ヒュ	ひょ	ヒョ
mya ㄇㄧㄚ		**myu ㄇㄧㄩ**		**myo ㄇㄧㄡ**	
みゃ	ミャ	みゅ	ミュ	みょ	ミョ
rya ㄌㄧㄚ		**ryu ㄌㄧㄩ**		**ryo ㄌㄧㄡ**	
りゃ	リャ	りゅ	リュ	りょ	リョ

gya ㄍㄧㄚ		gyu ㄍㄧㄩ		gyo ㄍㄧㄡ	
ぎゃ	ギャ	ぎゅ	ギュ	ぎょ	ギョ
ja ㄐㄧㄚ		**ju ㄐㄧㄩ**		**jo ㄐㄧㄡ**	
じゃ	ジャ	じゅ	ジュ	じょ	ジョ
ja ㄐㄧㄚ		**ju ㄐㄧㄩ**		**jo ㄐㄧㄡ**	
ぢゃ	ヂャ	づゅ	ヂュ	ぢょ	ヂョ
bya ㄅㄧㄚ		**byu ㄅㄧㄩ**		**byo ㄅㄧㄡ**	
びゃ	ビャ	びゅ	ビュ	びょ	ビョ
pya ㄆㄧㄚ		**pyu ㄆㄧㄩ**		**pyo ㄆㄧㄡ**	
ぴゃ	ピャ	ぴゅ	ピュ	ぴょ	ピョ

• | 平假名 | 片假名 |

目録

挨拶 010

ありがとう 012

すみません 014

いい 017

悪い 020

うれしい 022

残念 024

大変 027

すごい 029

面白い 031

お願い 034

はい 038

いいえ 042

好き 046

嫌い 049

上手 051

下手 054

気持ち 057

病気 063

大丈夫 069

危ない 072

本当 074

うそ 078

いくつ 081

いくら 083

いつ 085

誰 087

なにか 089

どうして 090

どう 092

どこ 095

たくさん 098

ところで 101

薦め 103

内緒 106

面倒くさい 108

でも 110

そして 113

ほか 115

分かる 117

ちょっと 122

だめ 125

ここ 128

そこ 131

あそこ 133

天気 134

趣味 139

仕事 148

ファッション 151

メイク 155

服 159

ゲーム 162

アニメ 165

スポーツ 167

文化 171

元気 173

パソコン 176

経済 179

電話 183

休み 188

祝い 193

メール 195

ネット 201

買い物（もの） 203

勉強（べんきょう） 212

理由（りゆう） 215

応援（おうえん） 217

おめでとう 219

交通（こうつう） 221

旅行（りょこう） 227

都道府県（とどうふけん） 231

外国（がいこく） 239

学校（がっこう） 249

会社（かいしゃ） 255

友達（ともだち） 264

ニュース 266

寫眞（しゃしん） 271

占い（うらな） 273

野菜（やさい） 277

肉（にく） 281

食べ物（もの） 285

味（あじ） 288

食事（しょくじ） 291

飲み物（もの） 293

家（いえ） 298

インテリア 300

家電（かでん） 304

色（いろ） 308

数字（すうじ） 311

時間（じかん） 315

日付（ひづけ） 319

曜日（ようび） 323

今日（きょう） 325

性格（せいかく） 329

恋愛（れんあい） 333

家族 334

場所 338

長さ 340

動物 342

植物 345

> ▶ 挨拶
> あいさつ
> a.i.sa.tsu.
> 寒暄

●情境會話

Ⓐ 行ってきます。

i.tte.ki.ma.su.

我出門了。

Ⓑ いってらっしゃい。学校で先生にあったら必ず挨拶するんですよ。

i.tte.ra.ssha.i./ga.kko.u.de./se.n.se.i.ni./a.tta.ra./ka.na.ra.zu./a.i.sa.tsu.su.ru.n.de.su.yo.

路上小心。在學校遇到老師，一定要打招呼喔。

Ⓐ はい、分かった。

ha.i./wa.ka.tta.

好，我知道了。

●實用例句

☞ 挨拶を交わします。

a.i.sa.tsu.o./ka.wa.shi.ma.su.

彼此寒暄。

☞ 帽子をとって挨拶します。

bo.u.shi.o./to.tte./a.i.sa.tsu.shi.ma.su.

脫下帽子打招呼。

☞ 笑顔で挨拶します。

e.ga.o.de./a.i.sa.tsu.shi.ma.su.

帶著笑容打招呼。

☞ 挨拶を抜きにして会議をはじめました。
a.i.sa.tsu.o./nu.ki.ni.shi.te./ka.gi.o./ha.ji.me.ma.shi.ta.
省去了寒暄，直接開始會議。

| ▼相關單字 | おはよう
o.ha.yo.u.
早安 |

| ▼相關單字 | こんにちは
ko.n.ni.chi.wa.
你好 |

| ▼相關單字 | こんばんは
ko.n.ba.n.wa.
晚上好 |

| ▼相關單字 | おやすみ
o.ya.su.mi.
晚安(用於睡前) |

| ▼相關單字 | お辞儀
o.ji.gi.
行禮打招呼 |

| ▼相關單字 | お礼
o.re.i.
致謝 |

| ▼相關單字 | 会釈
e.sha.ku.
點頭打招呼 |

► **ありがとう**
a.ri.ga.to.u.
謝謝

● 情境會話

Ⓐ 一緒に来てくれて、ありがとう。

i.ssho.ni.ki.te.ku.re.te./a.ri.ga.to.u.

謝謝你陪我來。

Ⓑ いいえ、光栄です。

i.i.e./ko.u.e.i.de.su.

不，這是我的榮幸。

● 情境會話

Ⓐ じゃ、そろそろ帰ります。

ja./so.ro.so.ro.ka.e.ri.ma.su.

那麼，我要回去了。

Ⓑ 暗いから気をつけてください。

ku.ra.i.ka.ra./ki.o.tsu.ke.te.ku.da.sa.i.

天色很暗，請小心。

Ⓑ はい、ありがとう。じゃあ、また明日。

ha.i./a.ri.ga.to.u./ja.a./ma.ta.a.shi.ta.

好的，謝謝。明天見。

● 實用例句

☞ ありがとうございます。助かりました。

a.ri.ga.to.u.go.za.i.ma.su.ta.su.ka.ri.ma.shi.ta.

謝謝你。你真的幫了大忙！

☞ 褒めてくれてありがとう。
ho.me.te.ku.re.te./a.ri.ga.to.u.
謝謝稱讚。

☞ ありがとうございます。
a.ri.ga.to.u./go.za.i.ma.su.
真是謝謝你。

☞ 手伝ってくれて本当にありがとうございます。
te.tsu.da.tte.ku.re.te./ho.n.to.u.ni./a.ri.ga.to.u.go.za.i.
ma.su.
謝謝你的幫忙。

☞ 分かりました。ありがとう。
wa.ka.ri.ma.shi.ta./a.ri.ga.to.u.
知道了，謝謝。

相關單字	どうも do.u.mo. 謝謝、你好

相關單字	サンキュー sa.n.kyu.u. 謝謝

相關單字	感謝 ka.n.sha. 感謝

相關單字	すみません su.mi.ma.se.n. 謝謝/對不起

> ▶ **すみません**
> su.mi.ma.se.n.
> 對不起

●情境會話

Ⓐ 皆、もう午前二時ですよ。静かにしてください。

mi.na./mo.u.go.ze.n.ni.ji.de.su.yo./shi.zu.ka.ni.shi.te.ku.da.sa.i.

已經半夜兩點了，請大家安靜。

Ⓑ すみません。

su.mi.ma.se.n.

對不起。

●情境會話

Ⓐ ここは禁煙ですよ。

ko.ko.wa./ki.n.e.n.de.su.yo.

這裡禁菸。

Ⓑ あ、すみません。

a./su.mi.ma.se.n.

啊，不好意思。

●情境會話

Ⓐ 田中さん、ちょっと言いにくいことなんですけど。

ta.na.ka.sa.n./cho.tto./i.i.ni.ku.i.ko.to.na.n.de.su.ke.do.

田中小姐，我有件事難以啟齒。

Ⓑ ええ、どうしたの？

e.e./do.u.shi.ta.no.

嗯，怎麼了？

Ⓐ 実は、先日お借りしたソフトをなくしてしまったんです。

ji.tsu.wa./se.n.ji.tsu./o.ka.ri.shi.ta./so.fu.to.o./na.ku.shi.te./shi.ma.tta.n.de.su.

是這樣的，我把前幾天向你借的軟體搞丟了。

Ⓑ えっ？どういうこと？

e.do.u.i.u.ko.to.

什麼？怎麼會弄丟呢？

Ⓐ ほんとにすみません。カバンを電車の網棚の上においたことを忘れて、なくしてしまいました。

ho.n.to.u.ni./su.mi.ma.se.n./ka.ba.n.o./de.n.sha.no./a.mi.da.na.no./u.e.ni./o.i.ta.ko.to.o./wa.su.re.te./na.ku.shi.te./shi.ma.i.ma.shi.ta.

真的很抱歉。我把包包忘在電車裡的架子上，所以就搞丟了。

Ⓑ まあ、大したものじゃないから。気にしないで。

ma.a./ta.i.shi.ta.mo.no./ja.na.i.ka.ra./ki.ni.shi.na.i.de.

算了，那不是什麼重要的東西，你就別介意了。

Ⓐ 本当にすみませんでした。

ho.n.to.u.ni./su.mi..ma.se.n.de.shi.ta.

真的很抱歉。

● 實用例句

☞ あのう…すみません。
a.no./su.mi.ma.se.n.
呃…不好意思。

☞ すみません。今日はちょっと…。
su.mi.ma.se.n./kyo.u.wa./cho.tto.
對不起，今天有點事。

☞ すみません。写真を撮ってくれませんか？
su.mi.ma.se.n./sha.shi.n.o.to.tte.ku.re.ma.se.n.ka.
不好意思，可以幫我拍照嗎？

☞ すみません、そういうつもりはありませんが、
つい．．．。
su.mi.ma.se.n./so.u.i.u.tsu.mo.ri.wa./a.ri.ma.se.n.ga./
tsu.i.
抱歉，我不是故意的，一不小心就……。

☞ すみません。すべてはわたしのせいです。
su.mi.ma.se.n./su.be.te.wa./wa.ta.shi.no.se.i.de.su.
對不起，都是我的錯。

☞ すみませんが、図書館まではどうやって行き
ますか？
su.me.ma.se.n.ga./to.sho.ka.n.ma.de.wa./do.u.ya.tte./i.
ki.ma.su.ka.
不好意思，請問到圖書館該怎麼走。

▼
相關單字

ごめん。
go.me.n.
對不起

▶ いい
i.i.
好的

●情境會話

Ⓐ 家庭料理なら、いいお店を知っていますよ。
私は一人暮らしなので、家庭料理が食べたい
時に行きつけのお店があります。

ka.te.i.ryo.u.ri.na.ra./i.i.o.mi.se.o./shi.tte.i.ma.su.yo./wa.
ta.shi.wa./hi.to.ri.gu.ra.shi.na.no.de./ka.te.i.ryo.u.ri.ga./ta.
be.ta.i.to.ki.ni./i.ki.tsu.ke.no./o.mi.se.ga./a.ri.ma.su.

如果是家常菜的話，我知道一家不錯的店喔。因為我
是自己住，所以想吃家常菜的時候會常去那家店。

Ⓑ 本当ですか。紹介してもらえませんか。

ho.n.to.u.de.su.ka./sho.u.ka.i.shi.te./mo.ra.e.ma.se.n.ka.

真的嗎，請告訴我是哪家店。

●實用例句

☞ いいですね。じゃあ、これにしようと。
i.i.de.su.e./ja.a./ko.re.ni.shi.yo.u.to.
好啊。那就吃這個吧。

☞ 庶民的な店構えで、ひとりでも気兼ねなく入れ
る雰囲気がいいです。
syo.mi.n.te.ki.na.mi.se.ga.ma.e.de./hi.to.ri.de.mo./ki.
ga.ne.na.ku.ha.i.re.ru./fu.n.i.ki.ga.i.i.de.su.
平民化的裝潢，就算一個人也可以輕鬆的進入是它的
優點。

☞ いい匂いがしますね。

i.i.ni.o.i.ga.shi.ma.su.ne.

聞起來很香呢。

☞ いい声をしています。

i.i.ko.e.o./shi.te.i.ma.su.

擁有很好的聲音。

☞ 彼は頭がいいです。

ka.re.wa./a.ta.ma.ga./i.i.de.su.

他的頭腦很好。

☞ いいものはいい値段で売れます。

i.i.mo.no.wa./i.i.ne.da.n.de./u.re.ma.su.

好的東西能賣好的價格。

☞ 私にはいい友達がたくさんいて幸せです。

wa.ta.shi.ni.wa./i.i.to.mo.da.chi.ga./ta.ku.sa.ni.te./shi.a.wa.se.de.su.

我有很多好朋友，感覺很幸福。

☞ 景色がいいです。

ke.shi.ki.ga./i.i.de.su.

景色很美好。

☞ 今日はいい天気ですね。

kyo.u.wa./i.i.te.n.ki./de.su.ne.

今天天氣很好。

☞ あの二人は仲がいいです。

a.no.fu.ta.ri.wa./na.ka.ga./i.i.de.su.

那兩個人感情很好。

▼相關單字
宜しい
yo.ro.shi.i.
好的

▼相關單字
ベスト
be.su.to.
最好的

▼相關單字
最高
sa.i.ko.
最好的、最棒

▼相關單字
素晴らしい
su.ba.ra.shi.i.
非常棒、很優秀

▼相關單字
素敵
su.te.ki.
很好、非常好

▼相關單字
優秀
yu.u.shu.u.
優秀

▼相關單字
見事
mi.go.to.
出色、精彩

> ► 悪い
> わる
> wa.ru.i.
> 不好的

● 情境會話

Ⓐ 何しているの。
なに
na.ni./shi.te.i.ru.no.
你在做什麼？

Ⓑ あっ、バレちゃった。
a.ba.re.cha.tta.
啊，被發現了。

Ⓐ もう、悪いことしちゃダメよ、わかってるわ
わる
ね。
mo.u./wa.ru.i.ko.to./shi.cha.da.me.yo./wa.ka.tte.ru.wa.
ne.
真是的，不可以做壞事喔，我想你應該知道吧。

● 實用例句

☞ いたずらばかりして悪い子です。
わる
i.ta.zu.ra./ba.ka.ri.shi.te./wa.ru.i.ko.de.su.
總是愛惡作劇的壞孩子。

☞ 数学の成績が悪いです。
すうがく せいせき わる
su.u.ga.ku.no.se.i.se.ki.ga./wa.ru.i.de.su.
數學的成績不好。

☞ 運が悪いです。
うん わる
u.n.ga./wa.ru.i.de.su.
運氣不好。

☞ あの子は悪いことばかりします。

a.no.ko.wa./wa.ru.i.ko.to./ba.ka.ri.shi.ma.su.

那個孩子總是做壞事。

☞ あの店は評判が悪いです。

a.no.mi.se.wa./hyo.u.ba.n.ga./wa.ru.i.de.su.

那家店的風評不太好。

☞ 体に悪いです。

ka.ra.da.ni./wa.ru.i.de.su.

對身體不好。

▼
相關單字

よくない
yo.ku.na.i.
不太好、不好

▼
相關單字

最低
sa.i.te.i.
差勁、最糟的

▶ うれしい
u.re.shi.i.
很高興

●情境會話

Ⓐ 今日も綺麗だよね。

kyo.u.mo.ki.re.i.da.yo.ne.

你今天也很漂亮。

Ⓑ 嬉しい！褒めてくれてありがとう。

u.re.shi.i./ho.me.te.ku.re.te./a.ri.ga.to.u.

好開心啊！謝謝你稱讚我。

●情境會話

Ⓐ これ、手作りのネックレスです。気に入って
いただけたらうれしいです。

ko.re./te.du.ku.ri.no./ne.kku.re.su.de.su./ki.ni.i.tte.i.ta.
da.ke.ta.ra./u.re.shi.i.de.su.

這是我自己做的項鍊。如果你喜歡的話就好。

Ⓑ ありがとう。かわいいです。

a.ri.ga.to.u./ka.wa.i.i.de.su.

謝謝。真可愛耶！

●實用例句

☞ 涙が出るほどうれしかったです。

na.mi.da.ga./de.ru.ho.do./u.re.shi.ka.tta.de.su.

高興得眼淚都要流下來了。

☞ うれしいことを言ってくれるね。

u.re.shi.i.ko.to.o./i.tte.ku.re.ru.ne.

你說這句話我很開心。

☞ 皆さんの親切がうれしいです。

mi.na.sa.n.no./shi.n.se.tsu.ga./u.re.shi.i.de.su.

因大家的親切關心而感到開心。

☞ そういうことを聞くとうれしくなります。

so.u.i.u.ko.to.o./ki.ku.to./u.re.shi.ku.na.ri.ma.su.

聽到那樣的事情而變得開心。

▼相關單字	楽しい ta.no.shi.i. 開心、快樂
▼相關單字	喜ばしい yo.ro.ko.ba.shi.i. 開心
▼相關單字	満足 ma.n.zo.ku. 滿足
▼相關單字	愉快 yu.ka.i. 愉快
▼相關單字	喜ぶ yo.ro.ko.bu. 喜悅

> ▶ 残念
> ザんねん
> za.n.ne.n.
> 可惜

● 情境會話

Ⓐ 田中さんが支社に異動されるなんて、残念で
　す。

ta.na.ka.sa.n.ga./shi.sha.ni./i.do.u.sa.re.ru.na.n.ka./za.
n.ne.n.de.su.

先生要調去別的學校真是太可惜了。

Ⓑ 寂しいけど、仕方ないね。

sa.bi.shi.i.ke.do./shi.ka.ta.na.i.ne.

雖然我也覺得很寂寞，但這也沒辦法。

● 情境會話

Ⓐ これから飲み会に行くだけど、一緒に行かない？

ko.re.ka.ra./no.mi.ka.i.ni.i.ku.da.ke.do./i.ssha.ni.i.ka.
na.i.

我正要去聚會，要不要一起來？

Ⓑ 誘ってくれてありがとう。せっかくだけど、
　遠慮しておくよ。

sa.so.tte.ku.re.te./a.ri.ga.to.u./se.kka.ku.da.ke.do./e.n.
ryo.shi.te.o.ku.yo.

謝謝你邀請我，雖然很難得，還是容我拒絕。

Ⓐ みんな行くから、行こうよ。

mi.n.na.i.ku.ka.ra./i.ko.u.yo.

大家都會去耶，一起來嘛。

Ⓑ ごめん、今日は仕事があって手が離せないんだ。

go.me.n./kyo.u.wa./shi.go.to.ga.a.tte./te.ga.ha.na.se.na.i.n.da.

對不起，因為今天工作很多抽不開身。

Ⓐ そっか、残念ね。

so.kka./za.n.ne.n.ne.

是嗎？那真可惜。

●實用例句

☞ 昨日はお会いできなくて残念でした。

ki.no.u.wa./o.a.i.de.ki.na.ku.te./za.n.ne.n.de.shi.ta.

昨天沒辦法見上一面，真是可惜。

☞ あなたが来られないのは実に残念です。

a.na.ta.ga./ko.ra.re.na.i.no.wa./ji.tsu.ni./za.n.ne.n.de.su.

你不能來實在是太可惜了。

☞ 残念ながらその日は伺えません。

za.n.ne.n.na.ga.ra./so.no.hi.wa./u.ka.ga.e.ma.se.n.

很可惜那天不能前去拜訪。

☞ 残念でした。はずれ。

za.n.ne.n.de.shi.ta./ha.zu.re.

真可惜！答錯了。

☞ 一生懸命頑張ったが、いい結果が出なくて残念だ。

i.ssho.u.ke.n.me.i./ga.n.ba.tta.ga./i.i.ke.kka.ga.de.na.ku.te./za.n.ne.n.da.

雖然拼了命地努力，但沒辦法有好的結果，實在很可惜。

▼
相關單字
遺憾
i.ka.n.
遺憾

▼
相關單字
後悔
ko.u.ka.i.
後悔

▼
相關單字
悔しい
ku.ya.shi.i.
不甘心

▼
相關單字
不本意
fu.ho.n.i.
出乎意料

▼
相關單字
心外
shi.n.ga.i.
失望

▼
相關單字
失望
shi.tsu.bo.u.
失望

▼
相關單字
悲しい
ka.na.shi.i.
傷心

▼
相關單字
憂鬱
yu.u.u.tsu.
鬱悶

> ▶ 大変
> たいへん
> ta.i.he.n.
> 糟糕、非常糟

● 情境會話

Ⓐ もう七時だ！
mo.u.shi.chi.ji.da.
已經七點了！

Ⓑ あらっ、大変！急いで。
a.ra./ta.i.he.n./i.so.i.de.
啊，糟了！快一點。

● 情境會話

Ⓐ こんにちは。
ko.n.ni.chi.wa.
你好。

Ⓑ 大丈夫ですか？顔色が悪そうです。
da.i.jo.u.bu.de.su.ka./ka.o.i.ro.ga./wa.ru.so.u.de.su.
你還好嗎，氣色看起來有點差。

Ⓐ ええ、ちょっと風邪を引いたんです。
e.e./cho.tto.ka.ze.o./hi.i.ta.n.de.su.
是啊，我感冒了。

Ⓑ 大変ですね。お医者さんにもう診てもらいま
したか？
ta.i.he.n.de.su.ne./o.i.sha.sa.ni.mo.u./mi.te.mo.ra.i.ma.
shi.ta.ka.
真是糟糕，去看過醫生了嗎？

Ⓐ いいえ、今日行こうと思います。

i.i.e./kyo.u.i.ko.u.to./o.mo.i.ma.su.

還沒，打算今天去。

●實用例句

☞ 大変なことになった。

ta.i.he.n.na.ko.to.ni.na.tta.

出大事了！

☞ 大変です。救急車を呼んでください。

ta.i.he.n.de.su./kyu.u.kyu.u.sha.o./yo.n.de.ku.da.sa.i.

糟了，快叫救護車。

☞ これは大変！

ko.re.wa./ta.i.he.n.

這可糟了！

☞ そうですか。お仕事が大変そうですね。

so.u.de.su.ka./o.shi.go.to.ga./ta.i.he.n.so.u.de.su.ne.

這樣啊，你的工作好像很辛苦呢！

▼相關單字
深刻
shi.n.ko.ku.
嚴重

▼相關單字
重大
ju.u.da.i.
重大的

► すごい

su.go.i.

厲害的、非常的

●情境會話

Ⓐ これ、自分で作ったんだ。

ko.re./ji.bu.n.de.tsu.ku.tta.n.da.

這戒指,是我自己做的喔!

Ⓑ わあ、すごい!

wa.a./su.go.i.

哇,真厲害。

●情境會話

Ⓐ すごい。恵美ちゃん上手だね。

su.go.i./e.mi.cha.n./jo.u.zu.da.ne.

真厲害。恵美你真棒。

Ⓑ まあ、このくらいは朝飯前よ。

ma.a./ko.no.ku.ra.i.wa./a.sa.ma.shi.ma.e.yo.

輕而易舉,小事一樁。

●實用例句

☞ すごいなあ、どうやって彼女をデートに誘ったんだ。

su.go.i.na.a./do.u.ya.tte./ka.no.jo.o./de.e.to.ni./sa.so.tta.n.da.

真厲害,你怎麼約到她的?

☞ すごいね、国会に招かれるなんて。

su.go.i.ne./ko.kka.i.ni./ma.ne.ka.re.ru.na.n.te.

真了不起，竟然能受邀到國會。

▼相關單字
かっこういい
ka.kko.u.i.i.
帥、酷、優秀

▼相關單字
最高
sa.i.ko.u.
最棒的

▼相關單字
画期的
ga.kki.te.ki.
劃時代的

▼相關單字
神業
ka.mi.wa.za.
神乎其技

▼相關單字
かつてない
ka.tsu.te.na.i.
無與倫比

▼相關單字
えらい
e.ra.i.
了不起的

▶ 面白い
o.mo.shi.ro.i.
有趣的、有意思的

● 情境會話

Ⓐ 昨日、彼女と一緒にディズニーランドへ行ったんだ

ki.no.u./ka.no.jo.to.i.sho.ni./di.zu.ni.i.ra.n.do.e./i.tta.n.da.

我昨天和女友一起去了迪士尼喔！

Ⓑ そっか。あ、そういえば、この前、面白いアニメを見たって言ってたよね。

so.kka./a./so.i.e.ba./ko.no.ma.e./o.mo.shi.ro.i.a.ni.me.o./mi.te.tte./i.tte.ta.yo.ne.

是嗎？說到這兒，之前你不是說看了一部很好看的動畫。

● 情境會話

Ⓐ このドラマ、面白い？

ko.no.do.ra.ma./o.mo.shi.ro.i.

這部連續劇有趣嗎？

Ⓑ うん、展開が読めなくて面白かった。

u.n./te.n.ka.i.ga./yo.me.na.ku.te./o.mo.shi.ro.ka.tta.

嗯，因為沒辦法預知未來的發展，所以很有趣。

● 情境會話

Ⓐ 最近、何か面白い番組がある。

sa.i.ki.n./na.ni.ka./o.mo.shi.ro.i./ba.n.gu.mi.ga.a.ru.

最近有什麼有趣的節目嗎？

Ⓑ さぁ。最近(さいきん)は忙(いそが)しくてテレビが見(み)られなかっ
たの。

sa.a./sa.i.ki.n.wa./i.so.ga.shi.ku.te./te.re.bi.ga./mi.re.
na.ka.tta.no.

不知道耶，最近太忙了都不能看電視。

●實用例句

☞ 会社(かいしゃ)の仕事(しごと)は面白(おもしろ)くないです。

ka.i.sha.no.shi.go.to.wa./o.mo.shi.ro.ku.na.i.de.su.

工作不有趣。

☞ このまんがは面白(おもしろ)くなかったです。

ko.no.ma.n.ga.wa./o.mo.shi.ro.ku.na.ka.tta.de.su.

這部漫畫不好看。

☞ この小説(しょうせつ)は面白(おもしろ)いです。

ko.no.sho.u.se.tsu.wa./o.mo.shi.ro.i.de.su.

這本小說很有趣。

☞ 彼女(かのじょ)の考(かんが)え方(かた)は面白(おもしろ)いです。

ka.no.jo.no./ka.n.ga.e.ka.ta.wa./o.mo.shi.ro.i.de.su.

她的想法很有趣。

☞ 彼(かれ)は面白(おもしろ)い人(ひと)です。

ka.re.wa./o.mo.shi.ro.i.hi.to.de.su.

他是個很有趣的人。

☞ 面白(おもしろ)い旅行(りょこう)でした。

o.mo.shi.ro.i./ryo.ko.u.de.shi.ta.

真是趟有趣的旅行。

▼相關單字
すぐれた
su.gu.re.ta.
優秀

▼相關單字
魅力的
みりょくてき
mi.ryo.ku.te.ki.
吸引人的

▼相關單字
必見
ひっけん
hi.kke.n.
一定要看

▼相關單字
印象的
いんしょうてき
i.n.sho.u.te.ki.
讓人印象深刻

▼相關單字
惹かれる
ひ
hi.ka.re.ru.
被吸引

▶ **お願い**
o.ne.ga.i.
拜託、請求

● 情境會話

Ⓐ はじめまして、田中と申します。

ha.ji.me.ma.shi.te./ta.na.ka.to./mo.u.shi.ma.su.

初次見面，敝姓田中。

Ⓑ はじめまして、山本と申します。どうぞよろ
しくお願いします。

ha.ji.me.ma.shi.te./ya.ma.mo.to.to./mo.u.shi.ma.su./
do.u.zo.u./yo.ro.shi.ku./o.ne.ga.i.shi.ma.su.

初次見面，敝姓山本，請多指教。

Ⓐ こちらこそ、よろしくお願いします。

ko.chi.ra.ko.so./yo.ro.shi.ku./o.ne.ga.i.shi.ma.su.

我也是，請多多指教。

● 情境會話

Ⓐ この資料を田中さんのところに送ってくださ
い。

ko.no.shi.ryo.u.o./ta.na.ka.sa.n.no.to.ko.ro.ni./o.ku.tte.
ku.da.sa.i.

這份資料請送到田中先生那兒。

Ⓑ はい、分かりました。

ha.i./wa.ka.ri.ma.shi.ta.

好的。

Ⓐ お願いします。

o.ne.ga.i.shi.ma.su.

拜託你了。

● 情境會話

Ⓐ お願いします！

o.ne.ga.i.shi.ma.su.

拜託你！

Ⓑ ちょっときついですが、何とかやってみます。

cho.tto.ki.tsu.i.de.su.ga./na.n.to.ka./ya.tte.mi.ma.su.

雖然有點困難，但我會試試看的。

Ⓐ ありがとうございます。

a.ri.ga.to.u./go.za.i.ma.su.

真是謝謝你。

● 情境會話

Ⓐ 山田さんは今席をはずしておりますが。

ya.ma.da.sa.n.wa./i.ma.se.ki.o./ha.zu.shi.te.o.ri.ma.su.
ga.

山田先生現在不在位置上。

Ⓑ じゃ、伝言をお願いできますか？

ja./de.n.go.o./o.ne.ga.i./de.ki.ma.su.ka.

那麼，可以請你幫我留言嗎？

● 實用例句

☞ 営業部の堂本さんをお願いします。

e.i.gyo.u.bu.no.do.u.mo.to.sa.no./o.ne.ga.i.shi.ma.su.

請幫我接業務部門的堂本先生。

☞ よろしくお願_{ねが}いします。

yo.ro.shi.ku./o.ne.ga.i.shi.ma.su.

請多指教。

☞ これからもよろしくお願_{ねが}いします。

ko.re.ka.ra.mo./yo.ro.shi.ku./o.ne.ga.i.shi.ma.su.

今後請多多指教。

☞ お会計_{かいけい}お願_{ねが}いします。

o.ka.i.ke.i./o.ne.ga.i.shi.ma.su.

請買單。

☞ カードでお願_{ねが}いいたします。

ka.a.do.de./o.ne.ga.i./i.ta.shi.ma.su.

我要刷卡。

☞ 勘定_{かんじょう}をお願_{ねが}いします。

ka.n.jo.u.o./o.ne.ga.i.shi.ma.su.

我要結帳。

☞ メッセージをお願_{ねが}いできますか？

me.sse.e.ji.o./o.ne.ga.i./de.ki.ma.su.ka.

可以請你幫我留言嗎？

☞ 今日_{きょう}もお願_{ねが}いします。

kyo.u.mo./o.ne.ga.i.shi.ma.su.

今天也請多多指教。

☞ どうも。お願_{ねが}いします。

do.u.mo./o.ne.ga.i.shi.ma.su.

謝謝，麻煩你了。

☞ 頼む！一生のお願い！

ta.no.mu.yo./i.ssho.no.o.ne.ga.i.

拜託啦，這是我一生所願！

☞ お願いがあるんだけど。

o.ne.ga.i.ga./a.ru.n.da.ke.do.

有件事想請你幫忙。

☞ これをお願いできますか？

o.i.ka.wa.sa.n./ko.re.o./o.ne.ga.i./de.ki.ma.su.ka.

這件事可以拜託你嗎？

▼ 相關單字
頼む
ta.no.mu.
拜託

▼ 相關單字
請う
ko.u.
拜託

▼ 相關單字
願う
ne.ga.u.
拜託

▼ 相關單字
要請する
yo.u.se.i.su.ru.
要求

▼ 相關單字
依頼
i.ra.i.
拜託

> ▶ **はい**
> ha.i.
> 是、對、好

●情境會話

Ⓐ 飲み物をもっと追加しませんか。

no.mi.mo.no.o./mo.tto.tsu.i.ka.shi.ma.se.n.ka.

要不要再加點些飲料呢？

Ⓑ はい、それから野菜も注文したいんですけど。

ha.i./so.re.ka.ra./ya.sa.i.mo./chu.u.mo.n.shi.ta.i.n.de.
su.ke.do.

好的，然後我還想再多加點些蔬菜。

●情境會話

Ⓐ お飲み物はいかがですか？

o.no.mi.mo.no.wa./i.ka.ga.de.su.ka.

要不要來點飲料呢？

Ⓑ はい、コーヒーをください。

ha.i./ko.o.hi.i.o./ku.da.sa.i.

好的，請給我一杯咖啡。

●情境會話

Ⓐ ただいま。お腹がすいて死にそう。

ta.da.i.ma./o.na.ka.ga.su.i.te./shi.ni.so.u.

我回來了，肚子餓到不行。

Ⓑ はい、はい。ご飯できたよ。

ha.i./ha.i./go.ha.n.de.ki.ta.yo.

好啦，飯菜已經作好了。

●情境會話

Ⓐ レポートは金曜日までに出してください。
re.po.o.to.wa./ki.n.yo.u.bi.ma.de./da.shi.te./ku.da.sa.i.
請在星期五之前交出來。

Ⓑ はい、わかりました。
ha.i./wa.ka.ri.ma.shi.ta.
好,我知道了。

●情境會話

Ⓐ 辞書をちょっと見せてもらえませんか？
ji.sho.o./cho.tto.mi.se.te./mo.ra.e.ma.se.n.ka.
字典可以借我看看嗎？

Ⓑ はい、どうぞ。
ha.i./do.u.zo.
好的,請。

●情境會話

Ⓐ 関口さん、今、大丈夫ですか？
se.ki.gu.chi.sa.n./i.ma./da.i.jo.u.bu.de.su.ka.
關口先生,現在有空嗎？

Ⓑ はい、何ですか？
ha.i./na.n.de.su.ka.
好的,有什事嗎？

Ⓐ 実は相談したいことがあるんですが。
ji.tsu.ha./so.u.da.n.shi.ta.i.ko.to.ga.a.ru.n.de.su.ga.
是這樣的,我有事要和你談一談。

●實用例句

☞ はい、ここにあります。
ha.i./ko.ko.ni./a.ri.ma.su.
是的,在這裡。

☞ はい、そうです。
ha.i./so.u.de.su.
嗯,是的。

☞ はい、ジュースとケーキ、どうぞ。
ha.i./ju.u.su.to./ke.e.ki./do.u.zo.
來,這是果汁和蛋糕,請用。

☞ はい、頑張ります。
ha.i./ga.n.ba.ri.ma.su.
好的,我會盡力。

☞ はい、やってみます。
ha.i./ya.tte.mi.ma.su.
好的,我試試看。

☞ はい、そうです。
ha.i./so.u.de.su.
是的,沒錯。

☞ はい、よろしいです。
ha.i./yo.ro.shi.i.de.su.
好的,可以。

▼相關單字

イエス
i.e.su.
是

▼相關單字
オーケー
o.o.ke.e.
好的、可以

▼相關單字
返事する
he.n.ji.su.ru.
回答

▼相關單字
喜んで
yo.ro.ko.n.de.
我很樂意

▼相關單字
了解
ryo.u.ka.i.
了解了

▼相關單字
承諾
sho.u.da.ku.
答應

> ▶ いいえ
> i.i.e.
> 不、不是

● 情境會話

Ⓐ お手伝いしましょうか？

o.te.tsu.da.i.shi.ma.sho.u.ka.

需要我效勞嗎？

Ⓑ いいえ、大丈夫です。

i.i.e./da.i.jo.u.bu.de.su.

不用了，我可以的。

Ⓐ ご遠慮なく。

go.e.n.ryo.na.ku.

別客氣了。

Ⓑ いいですか？ありがとうございます。

i.i.de.su.ka./a.ri.ga.to.u.go.za.i.ma.su.

這樣嗎？那就謝謝你了。

● 情境會話

Ⓐ 手伝っていただき、どうもありがとうございました。

te.tsu.da.tte./i.ta.da.ki./do.u.mo./a.ri.ga.to.u./go.za.i.ma.shi.ta.

真是感謝你的幫忙。

Ⓑ いいえ、どういたしまして。

i.i.e./do.u.i.ta.shi.ma.shi.te.

沒什麼，別客氣。

●情境會話

Ⓐ 新しくオープンしたモールには、もう行きましたか？

a.ta.ra.shi.ku.o.o.pu.n.shi.ta.mo.o.ru.ni.wa./mo.u.i.ki.ma.shi.ta.ka.

你去過新開幕的購物中心了嗎？

Ⓑ いいえ、まだです。

i.i.e./ma.da.de.su.

還沒。

●情境會話

Ⓐ コーヒーいかがですか。

ko.i.hi.i./i.ka.ga.de.su.ka.

需要咖啡嗎？

Ⓑ いいえ、結構です。

i.i.e./ke.kko.u.de.su.

不用了。（此處的「結構」是否定用法）

●情境會話

Ⓐ お料理の腕は大したものですね。

o.ryo.u.ri.no.u.de.wa./ta.i.sh.ta.mo.no.de.su.ne.

這料理做得真好。

Ⓑ いいえ、まだまだです。

i.i.e./ma.da.ma.da.de.su.

不，我還差得遠呢！

●實用例句

☞いいえ、そんなことないですよ。
i.i.e./so.n.na.ko.to.na.i.de.su.yo.
不，沒這回事。

☞いいえ、食べたことがありません。
i.i.e./ta.be.ta.ko.to.ga./a.ri.ma.se.n.
沒有，我沒有吃過。

☞いいえ、連絡していません。
i.i.e./re.n.ra.ku.shi.te./i.ma.se.n.
不，已經沒聯絡了。

☞いいえ、こちらこそ。
i.i.e./ko.chi.ra.ko.so.
不，彼此彼此。

☞いいえ、まだ決まっていません。
i.i.e./ma.da.ki.ma.tte.i.ma.se.n.
不，還沒決定。

☞いいえ、ありません。
i.i.e./a.ri.ma.se.n.
不，沒有。

☞いいえ、もういいです。
i.i.e./mo.u./i.i.de.su.
不用了，已經夠了。

▼相關單字
否定する
hi.te.i.su.ru.
否認

▼
相關單字

拒む
ko.ba.mu.
拒絕

▼
相關單字

否む
i.na.mu.
否認

▼
相關單字

違う
chi.ga.u.
不一樣、不是

▼
相關單字

否定
hi.te.i.
否定

▼
相關單字

断る
ko.to.wa.ru.
拒絕

► 好き
su.ki.
喜歡

●情境會話

Ⓐ 前田さんの趣味は何ですか？

ma.e.da.sa.n.no.shu.mi.wa./na.n.de.su.ka.

前田先生的興趣是什麼？

Ⓑ わたしは音楽を聴くことが好きです。

wa.ta.shi.wa./o.n.ga.ku.o.ki.ku.ko.to.ga./su.ki.de.su.

我喜歡聽音樂。

●情境會話

Ⓐ 新聞を読んでいますか？

shi.n.bu.n.o./yo.n.de.i.ma.su.ka.

你平時有在讀報紙嗎？

Ⓑ 読んでいますね。主に文化欄。あの辺りが好き
なのです。

yo.n.de.i.ma.su.ne./o.mo.ni./bu.n.ka.ra.n./a.no.a.ta.ri.
ga./su.ki.na.no.de.su.

有的，主要是讀副刊。我喜歡副刊的內容。

●情境會話

Ⓐ 恵美さんはどんな本をよく読んでいますか。

e.mi.sa.n.wa./do.n.na.ho.n.no./yo.ku.yo.n.de.i.ma.su.ka.

惠美小姐平時都讀些什麼書呢？

Ⓑ本は、やっぱり推理小説が一番好きです。
友恵さんは？

ho.n.wa./ya.ppa.ri.su.ri.sho.u.se.tsu.ga./i.chi.ba.n.su.ki.
de.su./to.mo.e.sa.n.wa.

書的話，我最喜歡推理小說。友美小姐呢？

● 實用例句

☞ リーさんの好きな食べ物は何ですか。

ri.i.sa.n.no./su.ki.na.ta.be.mo.no.wa./na.n.de.su.ka.

李先生(小姐)，你喜歡吃什麼呢？

☞ 芸能人なら誰が好き？

ge.i.no.u.ji.n.na.ra./da.re.ga./su.ku.

你喜歡哪個藝人？

☞ 日本料理が好きです。

ni.ho.n.ryo.u.ri.ga./su.ki.de.su.

我喜歡日本料理。

☞ 村上さんのことが好きになれないなあ。

mu.ra.ka.mi.sa.n.no.ko.to.ga./su.ki.ni.na.re.na.i.na.a.

我實在不太喜歡村上先生。

☞ 好きな人がいますか。

su.ki.na.hi.to.ga./i.ma.su.ka.

有喜歡的人。

☞ 好きな音楽をかけて、ドライブ気分で町を駆け
回る。

su.ki.na./o.n.ga.ku.o./ka.ke.te./do.ra.i.bu.ki.bu.n.de./
ma.chi.o./ka.ke.ma.wa.ru.

播放喜歡的音樂，在市區兜風。

☞ 絵が好きですが、下手の横好きです。

e.ga.su.ki.de.su.ga./he.ta.no.yo.ko.zu.ki.de.su.

我喜歡畫畫,但並不擅長。

▼相關單字	好む ko.no.mu. 偏好、喜好

▼相關單字	愛着 a.i.cha.ku. 愛用、偏好

▼相關單字	好ましい ko.no.ma.shi.i. 喜歡、喜好

▼相關單字	夢中 mu.chu.u. 熱衷

▼相關單字	惚れる ho.re.ru. 為之著迷

▼相關單字	熱愛する ne.tsu.a.i.su.ru. 陷入熱愛

▼相關單字	気に入る ki.ni.i.ru. 喜歡

► 嫌い
ki.ra.i.
討厭、不喜歡

●情境會話

Ⓐ 苦手なものは何ですか？

ni.ga.te.na.mo.no.wa./na.n.de.su.ka.

你不喜歡什麼東西？

Ⓑ 虫です。わたしは虫が嫌いです。

mu.shi.de.su./wa.ta.shi.wa./mu.shi.ga./ki.ra.i.de.su.

昆蟲。我討厭昆蟲。

●情境會話

Ⓐ 早く勉強しなさい。

ha.ya.ku./be.n.kyo.u.shi.na.sa.i.

快點去念書。

Ⓑ 嫌だ。だって勉強嫌いだもん。

i.ya.da./da.tte./be.n.kyo.u.gi.ra.i.da.mo.n.

不要，總之我就是討厭念書嘛！

●實用例句

☞ 大嫌いです。

da.i.ki.ra.i.de.su.

最討厭了。

☞ 食べ物で嫌いな物はありません。

ta.be.mo.no.de./ki.ra.i.na.mo.no.wa./a.ri.ma.se.n.

沒有討厭的食物。

☞ 彼のこんな所が嫌いだ。
ka.re.no./ko.n.na.to.ko.ro.ga./ki.ra.i.da.
我討厭他這一點。

☞ 私は犬が嫌いです。
wa.ta.shi.wa./i.nu.ga./ki.ra.i.de.su.
我討厭狗。

☞ 負けず嫌いです。
ma.ke.zu.gi.ra.i.de.su.
好強。／討厭輸。

☞ あの人のことが大嫌いなの。
a.no.hi.to.no.ko.to.ga./da.i.ki.ra.i.na.no.
我最討厭那個人了。

▼相關單字	嫌 i.ya. 不要、討厭

▼相關單字	アンチ a.n.chi. 反對

▼相關單字	苦手 ni.ga.te. 不擅長、不喜歡

▼相關單字	憎む ni.ku.mu. 憎恨、討厭

► 上手
じょうず
jo.u.zu.
擅長

●情境會話

Ⓐ 留学の経験がありますか？
りゅうがく　けいけん

ryu.u.ga.ku.no.ke.i.ke.n.ga./a.ri.ma.su.ka.

你曾經留學過學嗎？

Ⓑ はい。アメリカに五年間留学していました。
ごねんかんりゅうがく

ha.i./a.me.ri.ka.ni./go.ne.n.ka.n.ryu.u.ga.ku.shi.te./i.
ma.shi.ta.

有啊，曾經在美國留學五年。

Ⓐ じゃ、英語は上手でしょうね。
えいご　じょうず

ja./e.i.go.wa./jo.u.zu.de.sho.u.ne.

那麼英文一定說得很好吧。

●情境會話

Ⓐ 日本語が上手ですね。
にほんご　じょうず

ni.ho.n.go.ga./jo.u.zu.de.su.ne.

你的日文真好呢！

Ⓑ いいえ、まだまだです。

i.i.e./ma.da.ma.da.de.su.

不，還差得遠呢！

●實用例句

☞ 字が上手ですね。
じ　じょうず

ji.ga./jo.u.zu.de.su.ne.

字寫得好漂亮。

☞ お上手を言う。

o.jo.u.zu.o.i.u.

說得真好。/真會說。

☞ もっと上手になったら、ピアノを買ってあげるよ。

mo.tto.jo.u.zu.ni./na.tta.ra./pi.a.no.o./ka.tte.a.ge.ru.yo.

要是你彈得更好了，我就買鋼琴給你。

☞ 火起こしが上手だね。

hi.o.ko.shi.ga./jo.u.zu.da.ne.

你很會升火耶！

▼
相關單字

得意
to.ku.i.
強項、拿手

▼
相關單字

器用
ki.yo.u.
擅長

▼
相關單字

手慣れる
te.na.re.ru.
慣於、擅長

▼
相關單字

手際よい
te.gi.wa.yo.i.
手腳俐落

▼
相關單字

一流
i.chi.ryu.u.
一流的

▼
相關單字

くろうと
玄人
ku.ro.u.to.
高手、行家

▼
相關單字

たっしゃ
達者
ta.ssha.
高手

▼
相關單字

たんのう
堪能
ta.n.no.u.
熟練

▼
相關單字

うまい
u.ma.i.
厲害、精采

▼
相關單字

ゆうのう
有能
yu.u.no.u.
有能力

▼
相關單字

うで
腕きき
u.de.ki.ki.
手法高明的

● 053 ●

► 下手
he.ta.
笨拙的、不拿手

●情境會話

Ⓐ 字が下手だな。

ji.ga.he.ta.da.na.

你的字真醜。

Ⓑ だって指が動かないんだもん！

da.tte./yu.bi.ga.u.go.ka.na.i.n.da.mo.n.

因為我手指不聽使喚嘛。

●實用例句

☞ 母は料理が下手です。

ha.ha.wa./ryo.u.ri.ga./he.ta.de.su.

媽媽不擅長烹飪。

☞ 下手すると彼に会えないかもしれません。

he.ta.su.ru.to./ka.re.ni./a.e.na.i.ka.mo.shi.re.ma.se.n.

要是弄不好的話，說不定就碰不到他。

☞ 歌が下手です。

u.ta.ga./he.ta.de.su.

不會唱歌。

☞ 時間の使い方が下手です。

ji.ka.n.no./tsu.ka.i.ka.ta.ga./he.ta.de.su.

不會利用時間。

☞ 下手_{へた}な言_いい訳_{わけ}はよせよ。

he.ta.na.i.i.wa.ke.wa./yo.se.yo.

別說這些爛理由了。

☞ 私_{わたし}は人付_{ひとづ}き合_あいが下手_{へた}です。

wa.ta.shi.wa./hi.to.zu.ki.a.i.ga./he.ta.de.su.

我不擅長和人交際。

☞ あそこの医者_{いしゃ}は下手_{へた}です。

a.so.ko.no./i.sha.wa./he.ta.de.su.

那裡的醫生技術很差。

▼相關單字	未熟_{みじゅく} mi.ju.ku. **不熟練**

▼相關單字	たどたどしい ta.do.ta.do.shi.i. **不敏捷的、結結巴巴的**

▼相關單字	ぎこちない gi.ko.chi.na.i. **笨拙的、生硬的**

▼相關單字	不器用_{ぶきよう} bu.ki.yo.u. **笨拙的、生硬的**

▼相關單字	不手際_{ふてぎわ} fu.de.gi.wa. **笨拙的**

▼
相關單字
不得意
fu.to.ku.i.
不擅長

▼
相關單字
苦手
ni.ga.te.
不喜歡、不擅長

▼
相關單字
どんくさい
do.n.ku.sa.i.
笨拙的

▼
相關單字
へたっぴい
he.ta.ppi.i..
糟糕的、生硬的

▼
相關單字
まずい
ma.zu.i.
糟糕的

▼
相關單字
悪い
wa.ru.i.
不好的、不良的

▼
相關單字
ひどい
hi.do.i.
非常糟糕的

▶ 気持ち
ki.mo.chi.
心情、感受、感覺

●情境會話

Ⓐ 今日はいい天気ですね。

kyo.u.wa./i.i.te.n.ki.de.su.ne.

今天天氣真好。

Ⓑ そうですね。涼しくて気持ちがいいです。

so.u.de.su.ne./su.zu.shi.ku.te./ki.mo.chi.ga./i.i.de.su.ne.

是啊，涼爽的天氣真是舒服。

●情境會話

Ⓐ 松山さん、この前きついことを言って、ごめんね。

ma.tsu.ya.ma.sa.n./ko.no.ma.e./ki.tsu.i.ko.to.o.i.tte./go.me.n.ne.

松山先生，之前對你說了刻薄的話，對不起。

Ⓑ ああ、あのときのこと？あれはわたしにも悪いところがあったと思うよ。

a.a./a.no.to.ki.no.ko.to./a.re.wa./wa.ta.shi.ni.mo./wa.ru.i.to.ko.ro.ga.a.tta./to.o.mo.u.yo.

啊，那件事啊。那件事我也有錯。

Ⓐ なかなか素直に謝れなかったんだ。

na.ka.na.ka.su.na.o.ni./a.ya.ma.re.na.ka.tta.n.da.

一直沒辦法直率的向你道歉。

Ⓑ もういいよ！気にしないで。

mo.u.i.i.yo./ki.ni.shi.na.i.de.

別再提了，沒關係啦！

Ⓐ これで気持ちが晴れました。

ko.re.de.ki.mo.chi.ga./ha.re.ma.se.ta.

這樣一來，我的心情就好多了。

●實用例句

☞ お湯に入るのは温まるし気持ちがいいです。

o.yu.ni./ha.i.ru.no.wa./a.ta.ta.ma.ru.shi./ki.mo.chi.ga.i.i.de.su.

泡澡既可以溫熱身體，感覺又很舒服。

☞ やめてよ。気持ち悪いから。

ya.me.te.yo./ki.mo.chi.wa.ru.i.ka.ra.

不要這樣，很噁心耶！

☞ お気持ちだけ頂戴いたします。

o.ki.mo.chi.da.ke./cho.u.da.i./i.ta.shi.ma.su.

好意我心領了。

☞ 他人の気持ちを尊重します。

ta.ni.n.no./ki.mo.chi.o./so.n.cho.u.shi.ma.su.

尊重他人的心情。

☞ 彼が怒る気持ちがよく分かります。

ka.re.ga./o.ko.ru.ki.mo.chi.ga./yo.ku.wa.ka.ri.ma.su.

我很了解他生氣的心情。

☞ 彼と一緒にいると愉快な気持ちになります。

ka.re.to./i.ssho.ni.i.ru.to./yu.ka.i.na./ki.mo.chi.ni./na.ri.ma.su.

和他在一起，心情就會變得愉快。

☞ 今朝はとても気持ちがいいです。

ke.sa.wa./to.te.mo./ki.mo.chi.ga.i.i.de.su.

今天早上的天氣很舒服。

▼相關單字	感情 ka.n.jo.u. 感情

▼相關單字	感じる ka.n.ji.ru. 感覺

▼相關單字	感激 ka.n.ge.ki. 感動

▼相關單字	感心 ka.n.shi.n. 感動

▼相關單字	興奮 ko.u.fu.n. 興奮

▼相關單字	落ち着き o.chi.tsu.ki. 冷靜

▼相關單字	喜怒哀楽 ki.do.a.i.ra.ku. 喜怒哀樂

▼
相關單字
うれしい
u.re.shi.i.
高興

▼
相關單字
楽しい
ta.no.shi.i.
快樂

▼
相關單字
悲しい
ka.na.shi.i.
悲傷

▼
相關單字
寂しい
sa.bi.shi.i.
寂寞

▼
相關單字
惜しい
o.shi.i.
可惜

▼
相關單字
悔しい
ku.ya.shi.i.
不甘心

▼
相關單字
残念
za.n.ne.n.
可惜

▼
相關單字
落ち込む
o.chi.ko.mu.
心情低落

相關單字	つまらない tsu.ma.ra.na.i. 無聊
相關單字	退屈_{たいくつ} ta.i.ku.tsu. 無聊
相關單字	だるい da.ru.i. 沒勁、很累
相關單字	ムカつく mu.ka..tsu.ku. 生氣
相關單字	頭にくる a.ta.ma.ni.ku.ru. 生氣
相關單字	うんざり u.n.za.ri. 煩
相關單字	びっくり bi.kku.ri. 驚訝
相關單字	意外 i.ga.i. 感到意外

▼相關單字
呆れる
a.ki.re.ru.
傻眼

▼相關單字
驚く
o.do.ro.ku.
驚訝

▼相關單字
怒り
i.ka.ri.
生氣

▼相關單字
怖い
ko.wa.i.
可怕、害怕

▼相關單字
満足する
ma.n.zo.ku.su.ru.
滿足

▼相關單字
安心する
a.n.shi.n.su.ru.
放心

▼相關單字
悩む
na.ya.mu.
煩惱

▼相關單字
焦る
a.se.ru.
焦慮、著急

▶ 病気
びょうき
byo.u.ki.
生病

●情境會話

Ⓐ 病気になった時、どんなことをしなければなりませんか。

byo.u.ki.ni.na.tta.to.ki./do.n.na.ko.to.o./shi.na.ke.re.ba./na.ri.ma.se.n.ka.

生病的時候，一定要做什麼事呢？

Ⓑ 病気になった時、薬を飲んで、寝ていなければなりません。

byo.u.ki.ni.na.tta.to.ki./ku.su.ri.o./no.n.de./ne.te.i.na.ke.reba.na.ri.ma.se.n.

生病的時候，一定要吃藥，並且休息。

●實用例句

☞ 病気で学校を休みました。

byo.u.ki.de./ga.kko.u.o./ya.su.mi.ma.shi.ta.

因為生病向學校請假。

☞ 病気にかかります。

byo.u.ki.ni./ka.ka.ri.ma.su.

生病。

☞ 病気が早く治るといいですね。

byo.u.ki.ga./ha.ya.ku./na.o.ru.to./i.i.de.su.ne.

希望能早日康復。

☞ 胃腸の病気がなかなか治りません。

i.cho.u.no./byo.u.ki.ga./na.ka.na.ka./na.o.ri.ma.se.n.

腸胃的毛病一直無法治癒。

☞ あの子は病気にかかりやすいです。

a.no.ko.wa./byo.u.ki.ni./ka.ka.ri.ya.su.i.de.su.

那孩子容易生病。

▼相關單字	病 ya.ma.i. 病
▼相關單字	仮病 ke.byo.u. 裝病
▼相關單字	持病 ji.byo.u. 慢性病
▼相關單字	難病 na.n.byo.u. 罕見病
▼相關單字	伝染病 de.n.se.n.byo.u. 傳染病
▼相關單字	急病 kyu.u.byo.u. 突然生病

▼ 相關單字
かんせんしょう
感染症
ka.n.se.n.sho.u.
感染症

▼ 相關單字
こういしょう
後遺症
ko.u.i.sho.u.
後遺症

▼ 相關單字
ようだい
容体
yo.u.da.i.
身體狀態

▼ 相關單字
じゅうしょう
重症
ju.u.sho.u.
重病

▼ 相關單字
けいしょう
軽症
ke.i.sho.u.
症狀輕微

▼ 相關單字
じゅうたい
重体
ju.u.ta.i.
重傷

▼ 相關單字
けが
怪我
ke.ga.
受傷

▼ 相關單字
すきず
擦り傷
su.ri.ki.zu.
擦傷

▼相關單字
切り傷
ki.ri.ki.zu.
割傷

▼相關單字
突き傷
tsu.ki.ki.zu.
刺傷

▼相關單字
打ち傷
u.chi.ki.zu.
撞傷

▼相關單字
炎症
e.n.sho.u.
發炎

▼相關單字
風邪
ka.ze.
感冒

▼相關單字
インフルエンザ
i.n.fu.ru.e.n.za.
流行性感冒

▼相關單字
喘息
ze.n.so.ku.
氣喘

▼相關單字
胃炎
i.e.n.
胃炎

▼相關單字
腸炎
ちょうえん
cho.u.e.n.
腸炎

▼相關單字
下痢
げり
ge.ri.
拉肚子

▼相關單字
痛風
つうふう
tsu.u.fu.u.
痛風

▼相關單字
卒中
そっちゅう
so.cchu.u.
中風

▼相關單字
糖尿病
とうにょうびょう
to.u.nyo.u.byo.u.
糖尿病

▼相關單字
鼻炎
びえん
bi.e.n.
鼻炎

▼相關單字
ものもらい
mo.no.mo.ra.i.
針眼

▼相關單字
がん
ga.n.
癌

▼
相關單字
ずつう
頭痛
zu.tsu.u.
頭痛

▼
相關單字
できもの
de.ki.mo.no.
痘子

▼
相關單字
ふ　でもの
吹き出物
fu.ki.de.mo.no.
痘子

▼
相關單字
ニキビ
ni.ki.bi.
痘子

▼
相關單字
じんましん
ji.n.ma.shi.n.
蕁麻疹

▼
相關單字
みずむし
水虫
mi.zu.mu.shi.
香港腳

▼
相關單字
ねっちゅうしょう
熱中症
ne.cchu.u.sho.u.
中暑

▶ 大丈夫
だいじょうぶ
da.i.jo.u.bu.
沒問題、沒關係

●情境會話

Ⓐ 今日はどこにも連れていけなくてごめんね。

kyo.u.ha./do.ko.ni.mo.tsu.re.te.i.ke.na.ku.te./go.me.n.ne.

今天哪兒都沒能帶你去，對不起。

Ⓑ 大丈夫だよ、気にしないで。

da.i.jo.u.bu.da.yo./ki.ni.shi.na.i.de.

沒關係啦！別在意！

●情境會話

Ⓐ どうしたの？元気がなさそうだ。

do.u.shi.ta.no./ge.ki.ga./na.sa.so.u.da.

你怎麼了？看起來很沒精神耶！

Ⓑ 仕事がうまくいかないなあ。

shi.go.to.ga./u.ma.ku.i.ka.na.i.na.a.

工作進行得不順利。

Ⓐ 元気を出して、雅夫ならきっと大丈夫だ。

ge.n.ki.o./da.shi.te./ma.sa.o.na.ra./ki.tto.da.jo.u.bu.da.

打起精神來，雅夫你一定沒問題的。

●情境會話

Ⓐ 一人で持つのは大丈夫？

hi.to.ri.de.mo.tsu.no.wa./da.jo.u.bu.

你一個人拿沒問題嗎？

Ⓑ これぐらいまだ余裕だ。

ko.re.gu.ra.i./ma.da.yo.yu.u.da.

這點東西太容易了。

●情境會話

Ⓐ 怪我をしたらしいときかされ、授業中も気が気でなかった。大丈夫？

ke.ga.o.shi.ta.ra.shi.i./to.ki.ka.sa.re./ju.gyo.u.chu.u.mo./ki.ga.ki.de.na.ka.tta./da.i.jo.u.bu.

聽說你受傷了，讓我上課也無法專心，你沒事吧？

Ⓑ うん、もう大丈夫だ。ありがとうね。

u.n./mo.u.da.i.jo.u.bu.da./a.ri.ga.to.u.ne.

嗯，已經沒事了，謝謝。

●實用例句

☞ ぜんぜん大丈夫です。

ze.n.ze.n.da.i.jo.u.bu.de.su.

我一點也不在意！／完全沒問題！

☞ 鈴木さんならきっと大丈夫です。心配しないで。

su.zu.ki.sa.n.na.ra./ki.tto.ka.i.jo.u.bu.de.su./shi.n.pa.i.shi.na.i.de.

鈴木先生你一定沒問題的。別擔心。

☞ 大丈夫ですか？顔色が悪そうです。

da.i.jo.u.bu.de.su.ka./ka.o.i.ro.ga./wa.ru.so.u.de.su.

你還好嗎，氣色看起來有點差。

☞ 本当に大丈夫？
ほんとう　だいじょうぶ

ho.n.to.u.ni.da.i.jo.u.bu.

真的沒問題吧？

☞ 大丈夫、自信があるんだ。
だいじょうぶ　じしん

da.i.jo.u.bu./ji.shi.n.ga.a.ru.n.da.

沒問題，我有信心。

☞ 元気を出して、きっと大丈夫だ。
げんき　だ　だいじょうぶ

ge.n.ki.o./da.shi.te./ki.tto.da.jo.u.bu.da.

打起精神來，你一定辦得到的。

▼相關單字
安全
あんぜん
a.n.ze.n.
安全

▼相關單字
無事
ぶじ
bu.ji.
平安

▼相關單字
問題ない
もんだい
mo.n.da.i.na.i.
沒問題

▼相關單字
安心する
あんしん
a.n.shi.n.su.ru.
放心

► 危ない
あぶ
a.bu.na.i.
危險

● 情境會話

Ⓐ 危ないよ、近寄らないで。
あぶ　　　　　ちか　よ
a.bu.na.i.yo./chi.ka.yo.ra.na.i.de.
很危險，不要靠近。

Ⓑ 分かった。
わ
wa.ka.tta.
我知道了。

● 實用例句

☞ この川で泳ぐのは危ないよ。
かわ　およ　　　　あぶ
a.no.ka.wa.de./o.yo.gu.no.wa./a.bu.na.i.yo.
在這條河游泳很危險。

☞ ああ危なかった。
あぶ
a.a./a.bu.na.ka.tta.
呼，真是好險。(剛剛真是危險)

☞ 危ないところを助かった。
あぶ　　　　　　　　たす
a.bu.na.i./to.ko.ro.o./ta.su.ka.tta.
在千鈞一髮之際得救。

☞ 命が危ない。
いのち　あぶ
i.no.chi.ga./a.bu.na.i.
有生命危險。

▼相關單字
ギリギリ
gi.ri.gi.ri.
差一點點

▼相關單字
きわどい
ki.wa.do.i.
間不容髮

▼相關單字
危うい
a.ya.u.i.
危急的

▼相關單字
気をつける
ki.o.tsu.ke.ru.
注意

▼相關單字
やばい
ya.ba.i.
糟糕

▼相關單字
重大
ju.u.da.i.
重大的

▼相關單字
深刻
shi.n.ko.ku.
嚴重的

▼相關單字
瀬戸際
se.to.gi.wa.
緊要關頭

▶ **本当**
ほんとう
ho.n.to.u.
真的

● 情境會話

Ⓐ そうだ。この先に有名な定食屋さんがあります。そこの特製ハンバーグはとってもおいしいですよ。

so.u.da./ko.no.sa.ki.ni./yu.u.me.i.na.te.i.sho.ku.ya.sa.n.ga./a.ri.ma.su./so.ko.no.to.ku.se.i.ha.n.ba.a.gu.ha./to.tte.mo.o.i.shi.i.de.su.yo.

這樣啊。對了，前面有一家很有名的日式套餐店。那裡的特製漢堡排非常好吃喔。

Ⓑ 本当ですか。行ってみたいです。そこにしましょう。

ho.n.to.u.de.su.ka./i.tte.mi.ta.i.de.su./so.ko.ni.shi.ma.sho.u.

真的嗎？真想吃吃看，就去那邊吧。

Ⓐ でも、この時間は並ばないと入れませんよ。

de.mo./ko.no.ji.ka.n.wa./na.ra.ba.na.i.to./ha.i.re.ma.se.n.yo.

不過，這個時間要是不排隊的話就進不去耶。

Ⓑ かまいません。せっかく近くまで来たんですから。

ka.ma.i.ma.se.n./se.kka.ku.chi.ka.ku.ma.de./ki.ta.n.de.su.ka.ra.

沒關係，難得到這附近來一趟。

●情境會話

Ⓐ 見て、駅前からもらったチラシ。この店、お
いしそう。

mi.te./e.ki.ma.e.ka.ra./mo.ra.tta.chi.ra.shi./ko.no.mi.
se./o.i.shi.so.u.

你看，這是我在車站前面拿到的傳單。這家店好像很
不錯。

Ⓑ 本当だ、今すぐ行ってみたいね。お腹も空い
てきたし。

ho.n.to.u.da./i.ma.su.gu.i.tte.mi.ta.i.ne./o.na.ka.mo.su.
i.te.ki.ta.shi.

真的耶，我現在就想去了。剛好肚子餓了。

●情境會話

Ⓐ 東京大学に合格しました！

to.u.kyo.u.da.i.ga.ku.ni./go.u.ka.ku.shi.ma.shi.ta.

我考上東京大學了！

Ⓑ 本当ですか？おめでとう！

ho.n.to.u.de.su.ka./o.me.de.to.o.

真的嗎？恭喜你了。

●情境會話

Ⓐ 手伝ってくれて本当にありがとうございます。

te.tsu.da.tte.ku.re.te./ho.n.to.u.ni./a.ri.ga.to.u.go.za.i.
ma.su.

謝謝你的幫忙。

Ⓑ いいえ、お互い様です。

i.i.e./o.ta.ga.i.sa.ma.de.su.

哪兒的話。朋友就是要互相幫助！

●實用例句

☞ 昨日、友達が集まってくれて、本当に胸がいっぱいになったんです。

ki.no.u./to.mo.da.chi.ga./a.tsu.ma.tte.ku.re.te./ho.n.to.u.ni./mu.ne.ga.i.ppa.i.ni.na.tta.n.de.su.

昨天朋友們為了聚在一起，真是感動！

☞ お忙しいところ、本当にありがとうございました。

o.i.so.ga.shi.i.to.ko.ro./ho.n.to.u.ni./a.ri.ga.to.u./go.za.i.ma.shi.ta.

百忙之中真是太麻煩你了。

☞ 花田さんは本当に親切な人だ。

ha.na.da.sa.n.wa./ho.n.to.u.ni./shi.n.se.tsu.na.hi.to.da.

花田小姐真是個親切的人。

☞ 来週日本に転勤するって、本当？

ra.i.shu.u.ni.ho.n.ni./te.n.ki.n.su.ru.tte./ho.n.to.u.

聽說你下週就要調職到日本了，真的嗎？

☞ あの人が事件にあうなんて本当に思いがけない。

a.no.hi.to.ga./ji.ke.n.ni.a.u.na.n.te./ho.n.to.u.ni./o.mo.i.ga.ke.na.i.

沒想到那個人會遭遇意外。

☞ 本当ですか。
ほんとう
ho.n.to.u.de.su.ka.

真的嗎？

▼相關單字
真実
しんじつ
shi.n.ji.tsu.
真相

▼相關單字
まこと
ma.ko.to.
真誠的

▼相關單字
正直
しょうじき
sho.u.ji.ki.
老實的

▼相關單字
確か
たし
ta.shi.ka.
的確、確實

▼相關單字
否めない
いな
i.na.me.na.i.
不可否認

▼相關單字
正しい
ただ
ta.da.shi.i.
正確

> ► うそ
> u.so.
> **謊言**

● 情境會話

Ⓐ 来年東大を受けるつもりだ。

ra.i.ne.n./to.u.da.i.o./u.ke.ru.tsu.mo.ri.da.

我打算明年報考東大。

Ⓑ うそでしょう？

u.so.de.sho.u.

騙人的吧。

Ⓐ 本気だ。絶対合格するぞ。

ho.n.ki.da./za.tta.i.go.u.ka.ku.su.ru.zo.

我是認真的。一定要考上！

● 情境會話

Ⓐ 先生、いけばなの世界はおくが深いんですね。

se.n.se.i./i.ke.ba.na.no.se.ka.i.wa./o.ku.ga.fu.ka.i.n.de.
su.ne.

老師，插花的世界真是太深奧了。

Ⓑ おっしゃるとおりです。やればやるほどその
深さに気づくものですよ。

o.ssha.ru.to.o.ri.de.su.ya.re.ba.ya.ru.ho.do./so.no.fu.ka.
sa.ni./ki.zu.ku.mo.no.de.su.yo.

正如您所說，插花是愈學愈覺得深奧。

Ⓐ 最初のうちは何でもできなくて困りましたが。

sa.i.sho.no.u.chi.wa./na.ni.mo.de.ki.na.ku.te./ko.ma.ri.
ma.shi.ta.ga.

剛開始的時候，什麼都做不好，真是頭痛。

Ⓑ 今ではうそのようですね。

i.ma.de.wa./u.so.no.yo.u.de.su.ne.

現在想起來還真不可思議呢！

Ⓐ そうですね。

so.u.de.su.ne.

就是說啊。

● 實用例句

☞ 私は母にうそをついた。

wa.ta.shi.wa./ha.ha.ni./u.so.o./tsu.i.ta.

我對母親說謊。

☞ うそをつきます。

u.so.o./tsu.ki.ma.su.

說謊。

☞ 私の言うことに絶対うそはありません。

wa.ta.shi.no./i.u.ko.to.ni./ze.tta.i.u.so.wa./a.ri.ma.se.n.

我絕對沒說謊。

☞ うそのような話です。

u.so.no./yo.u.na.ha.na.shi.de.su.

不真實的事情。/像謊言一樣的事。

☞ それは真っ赤なうそです。

so.re.wa./ma.kka.na.u.so.de.su.

那真是漫天大謊。

▼相關單字
じじつむこん
事実無根
ji.ji.tsu.mu.ko.n.
空穴來風

▼相關單字
うわさ
u.wa.sa.
傳言

▼相關單字
ホラを吹く
ho.ra.o./fu.ku.
吹牛、說大話

▼相關單字
みずま
水増し
mi.zu.ma.shi.
灌水、吹牛

▼相關單字
さばよ
鯖読み
sa.ba.yo.mi.
謊報

▼相關單字
だま
騙す
da.ma.su.
欺騙

▼相關單字
とぼける
to.bo.ke.ru.
裝傻

▼相關單字
いつわ
偽り
i.tsu.wa.ri.
虛偽

► いくつ
i.ku.tsu.
幾歲、幾個

●情境會話

Ⓐ この箱にりんごがいくつ入っていますか。

ko.no.ha.ko.ni./ri.n.go.ga./i.ku.tsu./ha.i.tte.i.ma.su.ka.

箱子裡有幾個蘋果呢？

Ⓑ 3つ入っています。

mi.ttsu.ha.i.tte.i.ma.su.

有3個。

●情境會話

Ⓐ お子さんはおいくつですか。

o.ko.sa.n.wa./o.i.ku.tsu.de.su.ka.

您的孩子幾歲了呢？

Ⓑ 十歳です。

ju.ssa.i.de.su.

十歲了。

●實用例句

☞ あといくつほしいですか。

a.to.i.ku.tsu./ho.shi.i.de.su.ka.

還需要幾個？

☞ お姉さんはあなたより幾つ年上ですか。

o.ne.e.sa.n.wa./a.na.ta.yo.ri./i.ku.tsu./to.shi.u.e.de.su.
ka.

姊姊比你大幾歲呢？

☞ 今年いくつになりましたか。

ko.to.shi./i.ku.tsu.ni./na.ri.ma.shi.ta.ka.

今年幾歲了？

☞ いくつありますか。

i.ku.tsu./a.ri.ma.su.ka.

有幾個呢？

▼相關單字	何個 na.n.ko. 幾個

▼相關單字	何歲 na.n.sa.i. 幾歲

▶ いくら
i.ku.ra.
幾、多少

● 情境會話

Ⓐ これ、いくらですか？

ko.re./i.ku.ra.de.su.ka.

這個要多少錢？

Ⓑ 1300 円です。

se.n.sa.n.ppya.ku.e.n.de.su.

1300 日圓。

Ⓐ じゃ、これください。

ja./ko.re.ku.da.sa.i.

那麼，請給我這個。

● 情境會話

Ⓐ それをいくらで買いましたか。

so.re.o./i.ku.ra.de./ka.i.ma.shi.ta.ka.

那是用多少錢買的？

Ⓑ 1000 円で買いました。

se.n.e.n.de./ka.i.ma.shi.ta.

1000 日圓。

● 實用例句

☞ 全部でいくら？

se.n.bu.de.i.ku.ra.

全部多少錢？

• track 042

☞ みんなでいくらになりますか。
mi.n.na.de./i.ku.ra.ni./na.ri.ma.su.ka.
全部多少錢？

☞ この水槽には水がいくら入りますか。
ko.no.su.i.so.u.ni.wa./mi.zu.ga./i.ku.ra.ha.i.ri.ma.su.ka.
這個水槽可以裝多少水？

☞ このスーツケースの重さはいくらありますか。
ko.no.su.u.tsu.ke.e.su.no./o.mo.sa.wa./i.ku.ra./a.ri.ma.
su.ka.
這個行李箱有多重？

▼相關單字	どれほど
	do.re.ho.do.
	多少

▼相關單字	どれくらい
	do.re.ku.ra.i.
	多少

▼相關單字	どのくらい
	do.no.ku.ra.i.
	多少

▼相關單字	いくらくらい
	i.ku.ra.ku.ra.i.
	多少

▶ いつ
i.tsu.
何時

●情境會話

Ⓐ いつ、日本にいらっしゃいましたか。

i.tsu./ni.ho.n.ni./i.ra.ssha.i.ma.shi.ta.ka.

什麼時候到日本來的呢?

Ⓑ 先週の土曜日です。

se.n.shu.u.no./do.yo.u.bi.de.su.

上星期六。

●情境會話

Ⓐ この頃、もの忘れをするようになりました。

ko.no.go.ro./mo.no.wa.su.re.o./su.ru.yo.u.ni.na.ri.ma.
shi.ta.

最近,變得常常忘東忘西。

Ⓑ いつからですか。

i.tsu.ka.ra.de.su.ka.

是從什麼時候開始的呢?

Ⓐ いつかは、はっきりと思い出せません。

i.tsu.ka.wa./ha.kki.ri.to./o.mo.i.da.se.ma.se.n.

我想不起來是從什麼時候開始的。

●實用例句

☞ 今週はいつが空いていますか。

ko.n.shu.u.wa./i.tsu.ga./a.i.te.i.ma.su.ka.

這星期哪天有空呢?

☞ いつ起きますか。
i.tsu.o.ki.ma.su.ka.
幾點會起床?

☞ それはいつのことですか。
so.re.wa./i.tsu.no.ko.to.de.su.ka.
那是什麼時候的事呢?

☞ いつ帰りますか?
i.tsu.ka.e.ri.ma.su.ka.
何時回去?

☞ お誕生日はいつですか。
o.ta.n.jo.u.bi.wa./i.tsu.de.su.ka.
生日是什麼時候?

▼相關單字	何時 na.n.ji. 幾點
▼相關單字	何分 na.n.bu.n. 幾分
▼相關單字	何日 na.n.ni.chi. 哪一天
▼相關單字	何月 na.n.ge.tsu. 哪一個月

▶ 誰
だれ
da.re.
誰、哪位

● 情境會話

Ⓐ さっき誰と会った？何を話した。

sa.kki.da.re.to.a.tta./na.ni.o.ha.na.shi.ta.

你剛剛和誰見面？說了些什麼？

Ⓑ 教えない。
おし

o.shi.e.na.i.

不告訴你！

● 情境會話

Ⓐ 教室に誰もいません。
きょうしつ　　だれ

kyo.u.shi.tsu.ni./da.re.mo.i.ma.se.n.

教室裡沒有人在。

Ⓑ 変ですね。
へん

he.n.de.su.ne.

真是奇怪。

● 實用例句

☞ 女優で一番好きなのは誰ですか。
じょゆう　いちばんす　　　　　　だれ

jo.yu.u.de./i.chi.ba.n.su.ki.na.no.wa./da.re.de.su.ka.

你最喜歡的女演員是誰？

☞ 一番好きな歌手は誰ですか。
いちばんす　　かしゅ　だれ

i.chi.ba.n.su.ki.na.ka.shu.wa./da.re.de.su.ka.

你最喜歡的歌手是誰？

☞ あんな変な性格は誰も耐えられないですよ。

a.n.na.he.na.se.i.ka.ku.wa./da.re.mo./ta.e.ra.re.na.i.de.su.yo.

這種怪個性，誰都受不了。

☞ さっきの女は誰。

sa.kki.no./o.n.na.wa./da.re.

剛剛那個女的是誰？

☞ だれ？教えて。

da.re./o.shi.e.te.

是誰，快告訴我。

☞ 私のパソコンを使ったのは誰。

wa.ta.shi.no./pa.so.ko.no./tsu.ka.tta.no.wa./da.re.

誰用了我的電腦？

☞ 今、教室に誰かいる。

i.ma./kyo.u.shi.tsu.ni./da.re.ka./i.ru.

有人在教室裡。

☞ 誰にも言わないで。

da.re.ni.mo./i.wa.na.i.de.

不可以告訴任何人。

▼相關單字	どなた do.na.ta. 誰、哪位
▼相關單字	どちら様 do.chi.ra.sa.ma. 哪位

▶ なにか
na.ni.ka.
什麼

● 情境會話

Ⓐ 何かほかに言いたいことがありますか。

na.ni.ka./ho.ka.ni./i.i.ta.i.ko.to.ga./a.ri.ma.su.ka.

有什麼想說的嗎?

Ⓑ いいえ、ございません。

i.i.e./go.za.i.ma.se.n.

不,沒有。

● 實用例句

☞ なにか食べるものはないですか。

na.ni.ka./ta.be.ru.mo.no.wa./na.i.de.su.ka.

有沒有什麼可以吃的?

▼ 相關單字
だれか
da.re.ka.
某個人

▼ 相關單字
いつか
i.tsu.ka.
有一天、某天

▼ 相關單字
どこか
do.ko.ka.
某個地方

> ▶ どうして
> do.u.shi.te.
> 為什麼

● 情境會話

Ⓐ どうして会議に遅れたか？
do.u.shi.te.ka.gi.ni./o.ku.re.ta.ka.
為什麼開會會遲到？

Ⓑ すみません、渋滞にはまってしまいまして。
su.mi.ma.se.n./ju.u.ta.i.ni.ha.ma.tte./shi.ma.i.ma.shi.te.
對不起，路上塞車。

● 情境會話

Ⓐ 村上さんのことが好きになれないなあ。
mu.ra.ka.mi.sa.n.no.ko.to.ga./su.ki.ni.na.re.na.i.na.a.
我實在不太喜歡村上先生。

Ⓑ どうして？いい人じゃない？
do.u.shi.te./i.i.hi.to.ja.na.i.
為什麼？他不是個好人嗎？

● 情境會話

Ⓐ あなたのことが心配だからいっているんだ。
それがわからないのか。
a.na.ta.no.ko.to.ga./shi.n.pa.i.da.ka.ra./i.tte.i.ru.n.da./
so.re.ga.wa.ka.ra.na.i.no.ka.
我是擔心你耶，你不明白嗎？

Ⓑ わかっているよ。でも、私のやりたいように
したいのよ。どうしてわかってくれないの。
wa.ka.tte.i.ru.yo./de.mo./wa.ta.shi.no.ya.ri.ta.i.yo.u.ni./
shi.ta.no.yo./do.u.shi.te.wa.ka.tte.ku.re.na.i.no.
我知道啦！可是我也想照自己的想法做啊，你不懂嗎？

● 實用例句

☞ 彼女はどうして来ませんか。
ka.no.jo.wa./do.u.shi.te./ki.ma.se.n.ka.
她為什麼不來呢？

▼相關單字
なんで
na.n.de.
為什麼

▼相關單字
なぜ
na.ze.
為什麼

▼相關單字
理由
ri.yu.u.
理由

▼相關單字
原因
ge.n.i.n.
原因

▶ **どう**
do.u.
如何、怎麼樣

●情境會話

Ⓐ どうですか。

do.u.de.su.ka.

味道如何？

Ⓑ おいしいです。こんなにジューシーなハンバーグは初めて食べました。

o.i.shi.i.de.su./ko.n.na.ni.ju.u.shi.i.na.ha.n.ba.a.gu.wa./ha.ji.me.te.ta.be.ma.shi.ta.

很好吃，我還是第一次吃到這麼多汁的漢堡排。

●情境會話

Ⓐ 今回の試合はどうでしたか？

ko.n.ka.i.no.shi.a.i.wa./do.u.de.shi.ta.ka.

這次比賽如何？

Ⓑ まあまあです。

ma.a.ma.a.de.su.

沒有那麼好！

●實用例句

☞ 例の件、どう思う？一緒にやろうか？

re.i.no.ke.n./do.u.o.mo.u./i.ssho.ni.ya.ro.u.ka.

上次那件事，你覺得怎麼樣？要不要一起做？

☞ どうしようもない。
do.u.shi.yo.u.mo.na.i.
還能怎樣？

☞ どう思いますか？
do.u.o.mo.i.ma.su.ka.
你覺得如何？

☞ 気分転換に映画でもどう？
ki.bu.n.te.n.ka.n.ni./e.i.ga.de.mo.do.u.
為了轉換心情，我們去看電影吧？

☞ 最近はどうですか？
sa.i.ki.n.wa./do.u.de.su.ka.
最近過得如何？

☞ どうやって行きますか？
do.u.ya.tte./i.ki.ma.su.ka.
怎麼走？

☞ 昨日の映画はどうですか？
ki.no.u.no.e.i.ga.wa./do.u.de.su.ka.
昨天那部電影怎麼樣？

☞ どうしましたか？
do.u.shi.ma.shi.ta.ka.
怎麼了嗎？

☞ 切符を買いたいんですが、この機械の使い方が
わかりません。どうしたらいいですか？
ki.ppu.o.ka.i.ta.i.n.de.su.ga./ko.no.ki.ka.i.no.tsu.ka.i.
ka.ta.ga./wa.ka.ri.ma.se.n./do.u.shi.ta.ra./i.i.de.su.ka.
我想要買車票，但不會用這個機器。該怎麼辦呢？

☞ その後どうなったの？

so.no.a.to.do.u.na.tta.no.

之後怎麼了？

▼相關單字
どうやって
do.u.ya.tte.
如何、怎麼樣

▼相關單字
どのようにして
do.u.no.yo.u.ni.shi.te.
如何、怎麼樣

▶ **どこ**
do.ko.
哪裡

●情境會話

Ⓐ みんなどこへ行きますか？
mi.n.na.do.ko.e./i.ki.ma.su.ka.
你們要去哪裡？

Ⓑ 映画を見に行きます。一緒に行きませんか？
e.i.ga.o./mi.ni.i.ki.ma.su./i.ssho.ni.i.ki.ma.se.n.ka.
我們要去看電影。要一起來嗎？

Ⓐ いいですか？
i.i.de.su.ka.
可以嗎？

●情境會話

Ⓐ 見て！新しいかばん。
mi.te./a.ta.ra.shi.i.ka.ba.n.
看！我的新包包。

Ⓑ うわ、かっこういい！どこで買ったの？
u.wa./ka.kko.i.i./do.ko.de.ka.tta.no.
真酷！在哪買的？

●實用例句

☞ すみませんが、図書館はどこですか？
su.mi.ma.se.n.ga./yo.sho.ka.n.wa./do.ko.de.su.ka.
請問，圖書館在哪裡？

☞ 図書館はどこにありますか？
to.sho.ka.n.wa./do.ko.ni./a.ri.ma.su.ka.
圖書館在哪裡呢？

☞ ここはどこですか？
ko.ko.wa./do.ko.de.su.ka.
這裡是哪裡？

☞ わたしのスカートはどこ。
wa.ta.shi.no.su.ka.a.to.wa./do.ko.
我的裙子在哪？

☞ 今日、どこに行ったの。
kyo.u./do.ko.ni.i.tta.no.
你今天要去哪裡？

☞ 別にどこが気に入らないというわけではない
んですが。
be.tsu.ni.do.ko.ka./ki.ni.i.ra.na.i./to.i.u.wa.ke.de.wa./
na.i.n.de.su.ga.
也不是特別不喜歡。

☞ もう。どこで油を売ってたの。
mo.u./do.ko.de.a.bu.ra.o.u.tte.ta.no.
真是的，你跑到哪裡去閒晃了！

☞ 彼はどこの大学を出たのですか。
ka.re.wa./do.ko.no./da.i.ga.ku.o./de.ta.no.de.su.ka.
他是哪裡的大學畢業的？

☞ 日曜は銀行はどこも休みです。
ni.chi.yo.u.wa./gi.n.ko.u.wa./do.ko.mo./ya.su.mi.de.su.
星期天哪裡的銀行都休息。

☞ 海外はまだどこも行ったことがありません。
ka.i.gai.wa./ma.da.do.ko.mo./i.tta.ko.ta.ga./a.ri.ma.se.n.
從來沒有出過國。

☞ ここはどこだろう。
ko.ko.wa./do.ko.da.ro.u.
這裡是哪裡呢？

▼相關單字	どちら do.chi.ra. 哪裡

▼相關單字	どっち do.cchi. 哪裡

▼相關單字	ところ to.ko.ro. 地方

▼相關單字	場所 ba.sho. 場所、地點

► **たくさん**
ta.ku.sa.n.
很多

● 情境會話

Ⓐ 遠慮しないで、たくさん召し上がってくださ
いね。

e.n.ryo.u.shi.na.i.de./ta.ku.sa.n.me.shi.a.ga.tte./ku.da.
sa.i.ne.

不用客氣，請多吃點。

Ⓑ では、お言葉に甘えて。

de.wa./o.ko.to.ba.ni.a.ma.e.te.

那麼，我就恭敬不如從命。

● 情境會話

Ⓐ 「生炒花枝」はどんな料理ですか。

she.n.cha.u.fa.chi.i.wa./do.n.na.ryo.u.ri.de.su.ka.

生炒花枝是什麼樣的食物呢？

Ⓑ 豚骨ベースのとろみスープに、イカ、たけの
こ、にんじんなどの具をたくさん入れたもの
です。

to.n.ko.tsu.be.e.su.no./to.ro.mi.su.u.pu.ni./i.ka./ta.ke.
no.ko./ni.n.ji.n.na.do.no.gu.o./ta.ku.sa.n./i.re.ta.mo.no.
de.su.

在用豬骨燉的濃湯中，加入花枝、竹筍和紅蘿蔔等大
量食材的料理。

●實用例句

☞ 野菜をたくさん食べてください。
ya.sa.i.o./ta.ku.sa.n./ta.be.te./ku.da.sa.i.
請多吃點蔬菜。

☞ こんなにたくさんの料理は食べきれない。
ko.n.na.ni./ta.ku.sa.n.no./ryo.u.ri.wa./ta.be.ki.re.na.i.
這麼多菜吃不完。

☞ 彼女はたくさんのお供を連れていた。
ka.no.jo.wa./ta.ku.sa.n.no./o.to.mo.o./tsu.re.te.i.ta.
她帶了很多的隨行人員。

▼相關單字	いっぱい i.ppa.i. 很多

▼相關單字	多数 ta.su.u. 多數

▼相關單字	大量 ta.i.ryo.u. 大量

▼相關單字	豊富 ho.u.fu. 豐富

▼相關單字	たっぷり ta.ppu.ri. 很多

▼ 相關單字
ふんだん
fu.n.da.n.
大量

▼ 相關單字
多い
o.o.i.
多

▼ 相關單字
盛りだくさん
mo.ri.da.ku.sa.n.
非常多

▼ 相關單字
びっしり
bi.sshi.ri.
擠滿

▼ 相關單字
ぎゅう詰め
gyu.u.zu.me.
擠滿

▼ 相關單字
十分
ju.u.bu.n.
非常

▼ 相關單字
結構
ke.kko.u.
非常

► ところで
to.ko.ro.de.

對了

●情境會話

Ⓐ こちらは会議の資料です。

ko.chi.ra.wa./ka.i.gi.no.shi.ryo.u.de.su.

這是會議的資料。

Ⓑ はい、分かりました。ところで、山田会社の件、もうできましたか?

ha.i.wa.ka.ri.ma.shi.ta./to.ko.ro.de./ya.ma.da.ga.i.sha.no.ke.n./mo.u.de.ki.ma.shi.ta.ka.

好的。對了,山田公司的案子完成了嗎?

●實用例句

☞ ところで食事をしましたか。

to.ko.ro.de./sho.ku.ji.o./shi.ma.shi.ta.ka.

對了,你吃飯了嗎?

☞ ところでこの前のレポートは一つ間違いがあったよ。

to.ko.ro.de./ko.no.ma.e.no./re.po.o.to.wa./hi.to.tsu./ma.chi.ga.i.ga./a.tta.yo.

對了,之前的報告有一個地方錯了喔。

☞ ところで、田中くんは最近元気ですか。

to.ko.ro.de./ta.na.ka.ku.n.wa./sa.i.ki.n./ge.n.ki.de.su.ka.

對了,田中最近好嗎?

☞ ところで、田中くんに一つ相談がある。

to.ko.ro.de./ta.na.ka.ku.n.ni./hi.to.tsu./so.u.da.n.ga.a.ru.

對了，田中，我有件事想跟你談。

▼ 相關單字

そいえば

so.u.i.e.ba.

對了

▼ 相關單字

ついでながら

tsu.i.de.na.ga.ra.

順帶一提

▼ 相關單字

ちなみに

chi.na.mi.ni.

順帶一提

▼ 相關單字

ついでに

tsu.i.de.ni.

順帶一提

▼ 相關單字

余談ですが

yo.da.n.de.su.ga.

講個題外話

▼ 相關單字

それより

so.re.yo.ri.

比起這個

▼ 相關單字

そいいや

so.u.i.ya.

這麼說來

▶ 薦め
すすめ
su.su.me.
推薦、建議

●情境會話

Ⓐ 田中さん、何か食べたいものはありますか。
た なか   なに   た
ta.na.ka.sa.n./na.ni.ka.ta.be.ta.i.mo.no.wa./a.ri.ma.su.ka.
田中先生有想吃什麼嗎？

Ⓑ スタミナをつける食べものが食べたいんです。
た   た
この辺に何かお薦めのお店はありませんか。
へん なに   すす   みせ
su.ta.mi.na.o./tsu.ke.ru.ta.be.mo.no.ga./ta.be.ta.i.n.de.su./ko.no.he.n.ni./na.ni.ka./o.su.su.me.no.o.mi.se.wa./a.ri.ma.se.n.ka.
我想吃些可以補充體力的東西。這附近有什麼推薦的嗎？

●情境會話

Ⓐ 何がお薦めですか。
なに   すす
na.ni.ga.o.su.su.me.de.su.ka.
有什麼推薦的嗎？

Ⓑ こちらのショートケーキはいかがですか。
ko.chi.ra.no./sho.o.to.ke.e.ki.wa./i.ka.ga.de.su.ka.
草莓蛋糕怎麼樣呢？

Ⓐ わぁ、おいしそう。
wa.a./o.i.shi.so.u.
哇，好像很好吃。

●實用例句

☞ この店のジャンボワンタン入りのワンタンメンはお薦めです。

ko.no.mi.se.no./ja.n.bo.wa.n.ta.ni.ri.no./wa.n.ta.n.me.n.wa./o.su.su.me.de.su.

我推薦這家店賣的加入了大顆餛飩的餛飩麵。

☞ 医者の勧めでハイキングを始めました。

i.sha.no./su.su.me.de./ha.i.ki.n.gu.o./ha.ji.me.ma.shi.ta.

在醫生的建議下開始健行。

▼相關單字
かんこく
勧告
ka.n.ko.ku.
勸告

▼相關單字
すいしょう
推奨
su.i.sho.u.
推薦

▼相關單字
ちゅうこく
忠告
chu.u.ko.ku.
忠告

▼相關單字
すす
薦める
su.su.me.ru.
推薦、建議

▼相關單字
ていあん
提案する
te.i.a.n.su.ru.
提議

▼相關單字
誘う
さそ
sa.so.u.
邀約、邀請

▼相關單字
口説く
く ど
ku.do.ku.
勸說、說服

▼相關單字
説得する
せっとく
se.tto.ku.su.ru.
說服

▼相關單字
促す
うなが
u.na.ga.su.
催促、促使

▼相關單字
押し付ける
お つ
o.shi.tsu.ke.ru.
強迫接受

▶ 内緒
ないしょ
na.i.sho.
祕密、不告訴別人

●情境會話

Ⓐ 今日、寝坊したのはお父さんに内緒ね。

kyo.u./ne.bo.u.shi.ta.no.wa./o.to.u.sa.n.ni./na.sho.ne.

我今天睡過頭的事，不要告訴爸爸喔。

Ⓑ うん、分かった。

u.n./wa.ka.tta.

好，我知道了。

●實用例句

☞ 妻には内緒にしておいてください。

tsu.ma.ni.wa./na.sho.ni./shi.te.o.i.te.ku.da.sa.i.

請不要告訴我太太。

☞ あの子は内緒でたばこを吸っていました。

a.no.ko..wa./na.i.sho.de./ta.ba.ko.o./su.tte.i.ma.shi.ta.

那個人偷偷在抽菸。

☞ 先生に内緒で学校を抜けだした。

se.n.se.i.ni./na.i.sho.de./ga.kko.u.o./nu.ke.da.shi.ta.

瞞著老師，偷偷逃學。

☞ 今日のことは絶対に内緒ですよ。

kyo.u.no.ko.to.wa./ze.tta.i.ni./na.i.sho.de.su.yo.

今天的事一定不能告訴別人喔。

☞ 彼女は内緒で話してくれました。

ka.no.jo.wa./na.i.sho.de./ha.na.shi.te.ku.re.ma.shi.ta.

她偷偷把事情告訴我了。

☞ 家族に内緒で旅行に行きました。

ka.zo.ku.ni./na.i.sho.de./ryo.ko.u.ni./i.ki.ma.shi.ta.

瞞著家人偷偷去旅行。

▼相關單字	秘密 hi.mi.tsu. 祕密

▼相關單字	ひそひそ話 hi.so.hi.so.ba.na.shi. 祕密

▼相關單字	陰口 ka.ge.gu.chi. 背後說人壞話

▼相關單字	耳打ち mi.mi.u.chi. 耳邊的悄悄話

▼相關單字	シークレット shi.i.ku.re.tto. 祕密

▼相關單字	非公開 hi.ko.u.ka.i. 沒有正式公開的

▶ 面倒くさい
めんどう

me.n.do.u.ku.sa.i.

麻煩

● 情境會話

Ⓐ テストなんか面倒くさいな。

te.su.to.na.n.ka./me.n.do.u.ku.sa.i.na.

考試真麻煩。

Ⓑ そんな事言わないで、一緒に頑張ろうよ。

so.n.na.ko.to./i.wa.na.i.de./i.ssho.ni./ga.n.ba.ro.u.yo.

不要這麼説，一起加油吧。

● 實用例句

☞ 面倒くさいからそんなことはしない。

me.n.do.u.ku.sa.i.ka.ra./so.n.na.ko.to.wa./shi.na.i.

因為嫌麻煩所以不做那種事。

☞ ああ、面倒くさい。

a.a./me.n.do.u.ku.sa.i.

唉，真麻煩。

☞ 疲れすぎて口をきくのも面倒くさい。

tsu.ka.re.su.gi.te./ku.chi.o./ki.ku.no.mo./me.n.do.u.ku.sa.i.

因為太累了，連話都不想講。

▼
相關單字

煩わしい
わずら

wa.zu.ra.wa.shi.i.

複雜、麻煩

▼
相關單字

厄介
ya.kka.i.
麻煩、難應付

▼
相關單字

うるさい
u.ru.sa.i.
麻煩

▼
相關單字

複雑
fu.ku.za.tsu.
複雜

▼
相關單字

迷惑
me.i.wa.ku.
困擾

▼
相關單字

邪魔
ja.ma.
礙事

> ► でも
> de.mo.
> 可是

● 情境會話

Ⓐ この花瓶、きれいだね。

ko.no.ka.bi.n./ki.re.i.da.ne.

這花瓶真漂亮。

Ⓑ でも、ここはちょっと…。

de.mo./ko.ko.wa./cho.tto.

可是,這裡有點問題。

Ⓐ あ、本当だ、傷がある…。

a./ho.n.to.u.da./ki.zu.ga./a.ru.

啊,真的耶,有損傷。

● 情境會話

Ⓐ 自分のほしいものが何でも買えればいいのに。

ji.bu.n.no.ho.shi.i.mo.no.ga./na.n.de.mo.ka.e.re.ba./i.i.
no.ni.

要是可以想買什麼就買什麼就好了。

Ⓑ そうだよね。

so.u.da.yo.ne.

就是說啊。

Ⓐ でも、親のすねをかじっているうちはあきら
めなきゃ。

de.mo./o.ya.no.su.ne.o./ka.ji.tte.i.ru./u.chi.wa./a.ki.ra.
me.na.kya.

可是，我們現在還得靠父母親生活，所以也只好放棄
這種想法。

● 情境會話

Ⓐ 全部食べなさい。
ze.n.bu.ta.be.na.sa.i.
全部都要吃掉。

Ⓑ でも、おいしくないんだもん。
de.mo./o.i.shi.ku.na.i.da.mo.n.
可是，又不好吃。

● 實用例句

☞ 彼に何度もメールしてみた。でも、一度も
返事をくれなかったの。
ka.re.ni./na.n.do.mo./me.e.ru.shi.te.mi.ta./de.mo./i.chi.
do.mo./he.n.ji.o./ku.re.na.ka.tta.no.
我寄了好幾次mail給他。但是他一次都沒回。

☞ 先生は年をとった。でも、気持ちはとても
若い。
se.n.se.i.wa./to.shi.o.to.tta./de.mo./ki.mo.chi.wa./to.te.
mo.wa.ka.i.
老師雖然年紀大了，但是心情還是保持年輕。

▼相關單字
しかし
shi.ka.shi.
可是

▼相關單字
けれども
ke.re.do.mo.
但是

▼
相
關
單
字
しかしながら
shi.ka.shi.na.ga.ra.
可是

▼
相
關
單
字
けど
ke.do.
可是

▼
相
關
單
字
それなのに
so.re.na.no.ni.
雖然如此

▼
相
關
單
字
にも関わらず
ni.mo.ka.ka.wa.ra.zu.
即使如此

▼
相
關
單
字
ただし
ta.da.shi.
但是

▼
相
關
單
字
とはいえ
to.wa.i.e.
雖然如此

▶ そして
so.shi.te.
然後、還有

● 情境會話

Ⓐ 田中さんは兄弟がいますか。

ta.na.ka.sa.n.wa./kyo.u.da.i.ga./i.ma.su.ka.

田中先生，你有兄弟姊妹嗎？

Ⓑ はい、兄と弟がいます。兄はアメリカにいます。そして、弟はイギリスにいます。

ha.i./a.ni.to./o.to.u.to.ga./i.ma.su./a.ni.wa./a.me.ri.ka.
ni.i.ma.su./so.shi.te./o.to.u.to.wa./i.gi.ri.su.ni.i.ma.su.

有的，我有哥哥和弟弟。哥哥住在美國，然後弟弟住在英國。

● 實用例句

☞ 今日は楽しくそして有意義な一日でした。

kyo.u.wa./ta.no.shi.ku./so.shi.te./yu.u.i.gi.na.i.chi.ni.
chi.de.shi.ta.

今天是既開心又有意義的一天。

☞ 欲しいものは自分の家、そして高級車です。

ho.shi.i.mo.no.wa./ji.bu.n.no.i.e./so.shi.te./ko.u.kyu.u.
sha.de.su.

想要有自己的房子，還有一台頂級車。

☞ 彼女は就職し、そしてすぐ海外に派遣されました。

ka.no.jo.wa./shu.u.sho.ku.shi./so.shi.te./su.gu./ka.i.ga.
i.ni./ha.ke.n.sa.re.ma.shi.ta.

她找到工作，然後就馬上被派至國外。

☞ そしてどうしました。

so.u.shi.te./do.u.shi.ma.shi.ta.

然後發生了什麼事？

▼相關單字	で de. **然後**
▼相關單字	また ma.ta. **又、還**
▼相關單字	それに so.re.ni. **然後、還有**
▼相關單字	その上 so.no.u.e. **還有**
▼相關單字	あと a.to. **之後**
▼相關單字	それから so.re.ka.ra. **然後**

► ほか
ho.ka.
其他

●情境會話

Ⓐ ちょっと色が暗いですね。ほかにありません
か？

cho.tto.i.ro.ga.ku.ra.i.de.su.ne./ho.ka.ni.a.ri.ma.se.n.
ka.

這個顏色有一點暗，還有其他的嗎？

Ⓑ こちらピンクのはいかがですか？

ko.chi.ra.pi.n.ku.no.wa./i.ka.ga.de.su.ka.

這件粉紅色的怎樣呢？

●實用例句

☞ 似たようなデザイン、ほかにありませんか？

ni.ta.yo.u.na.de.za.i.n./ho.ka.ni.a.ri.ma.se.n.ka.

類似的設計，還有其他的嗎？

☞ ほかに行きたい人はいますか。

ho.ka.ni./i.ki.ta.i.hi.to.wa./i.ma.su.ka.

還有其他人想去嗎？

☞ ほかに質問はありませんか。

ho.ka.ni./shi.tsu.mo.n.wa./a.ri.ma.se.n.ka.

還有什麼其他的問題嗎？

☞ 彼はフランス語のほかにイタリア語も話しま
す。

ka.re.wa./fu.ra.n.su.go.no.ho.ka.ni./i.ta.ri.a.go.mo./ha.

na.shi.ma.su.

他除了法文，其他還會說義大利語。

☞ この上着は小さすぎるからほかのを試してみ
ましょう。

ko.no.u.wa.gi.wa./chi.i.sa.su.gi.ru.ka.ra./ho.ka.no.o./ta.
me.shi.te.mi.ma.sho.u.

這件外套太小了，我們試其他的吧。

▼
相
關
單
字

そのほか
so.no.ho.ka.
其他

▼
相
關
單
字

ほかの
ho.ka.no.
其他的

▼
相
關
單
字

以外
i.ga.i.
之外、以外

▼
相
關
單
字

その他
so.no.ta.
其他

▶ 分かる
wa.ka.ru.
知道、了解

●情境會話

Ⓐ 何があったの？

na.ni.ga./a.tta.no.

怎麼了？

Ⓑ 市役所に行くと、いつも気分が悪くなる。

shi.ya.ku.sho.ni.i.ku.to./i.tsu.mo.ki.bu.n.ga./wa.ru.ku.
na.ru.

每次去市公所，都讓我心情變得很糟。

Ⓐ 待たされるから？

ma.ta.sa.re.ru.ka.ra.

因為每次要等很久的關係嗎？

Ⓑ それもあるけど。なんと言っても、窓口の応対がとにかく感じが悪くて。

so.re.mo.a.ru.ke.do./na.n.to.i.tte.mo./ma.do.cu.chi.no.
o.u.ta.i.ga./to.ni.ka.ku./ka.n.ji.ga.wa.ru.ku.te.

這也是一個原因。不過最主要還是因為接待窗口的人態度很差。

Ⓐ わかる！わかる！それはむかつくよなあ。

wa.ka.ru./wa.ka.ru./so.re.wa./mu.ka.tsu.ku.yo.na.a.

我懂我懂！那真令人火大。

●情境會話

Ⓐ じゃ、手伝ってくれない？

• 117 •

ja./te.tsu.da.tte.ku.re.na.i.

那，你可以幫我嗎？

Ⓑ やだよ、自分で書きなよ。

ya.da.yo./ji.bu.n.de.ka.ki.na.yo.

才不要咧，你自己寫。

Ⓐ お願い！

o.ne.ga.i.

拜託啦。

Ⓑ わかった。これが最後だぞ。

wa.ka.tta./ko.re.ga.sa.i.go.da.zo.

好啦，這是最後一次囉！

● 情境會話

Ⓐ 明日学校に来てください。

a.shi.ta./ga.kko.u.ni./ki.te.ku.da.sa.i.

明天來學校一趟。

Ⓑ はい、わかりました。

ha.i./wa.ka.ri.ma.shi.ta.

好，我知道了。

● 實用例句

☞ 彼女の言っていることは分かりません。

ka.no.jo.no./i.tte.i.ru.ko.to.wa./wa.ka.ri.ma.se.n.

不知道她在說什麼。

☞ それでわけが分かりました。

so.re.de./wa.ke.ga./wa.ka.ri.ma.shi.ta.

這樣我就知道原因了。

☞ 一体何が不満なのか分かりません。
i.tta.i/na.ni.ga/fu.ma.n.na.no.ka./wa.ka.ri.ma.se.n.
不知道對方到底有什麼不滿。

☞ 私は音楽は分かりません。
wa.ta.shi.wa./o.n.ga.ku.wa./wa.ka.ri.ma.se.n.
我不懂音樂。

☞ 答が分かった人は手を挙げなさい。
ko.ta.e.ga./wa.ka.tta.hi.to.wa./te.o./a.ge.na.sa.i.
知道答案的人請舉手。

☞ してよいことと悪いことが分からないのか。
shi.te.yo.i.ko.to.to./wa.ru.i.ko.to.ga./wa.ka.ra.na.i.no.ka.
你不知道什麼事可做什麼事不能做嗎?

☞ この計画がうまくいくかどうかはまだ分かりません。
ko.no.ke.i.ka.ku.ga./u.ma.ku.i.ku.ka.do.u.ka.wa./ma.da.wa.ka.ri.ma.se.n.
不知道這個計畫能不能順利進行。

☞ テストの結果はいつ分かりますか。
te.su.to.no.ke.kka.wa./i.tsu.wa.ka.ri.ma.su.ka.
知道考試的結果了嗎?

▼相關單字
理解する
ri.ka.i.su.ru.
理解

▼ 相關單字
納得する
na.tto.ku.su.ru.
理解、信服

▼ 相關單字
把握する
ha.a.ku.su.ru.
把握

▼ 相關單字
知る
shi.ru.
知道

▼ 相關單字
解ける
to.ke.ru.
解開

▼ 相關單字
共感する
kyo.u.ka.n.su.ru.
有同感

▼ 相關單字
うなずく
u.na.zu.ku.
點頭、同意

▼ 相關單字
分かり合う
wa.ka.ri.a.u.
互相了解

▼ 相關單字
判明する
ha.n.me.i.su.ru.
真相大白

▼相關單字
はっきりする
ha.kki.ri.su.ru.
弄明白

▼相關單字
認める
mi.to.me.ru.
認同、承認

▼相關單字
心得る
ko.ko.ro.e.ru.
明白、理解

▼相關單字
悟る
sa.to.ru.
頓悟

▼相關單字
了解
ryo.u.ka.i.
了解

> ► ちょっと
> cho.tto.
> 有一點

● 情境會話

Ⓐ 彼はどんな人？

ka.re.wa./do.n.na.hi.to.

他是怎樣的人？

Ⓑ 明るくて素直な人だ。でも、ちょっと子供っ
ぽいね。

a.ka.ru.ku.te./su.na.o.na.hi.to.da./de.mo./cho.tto.ko.do.
mo.ppo.i.ne.

很開朗又率直，可是有點孩子氣。

● 情境會話

Ⓐ ちょっといい？

cho.tto.i.i.

我能不能跟你單獨相處一會兒？

Ⓑ うん、何？

ha.i./na.n.de.su.ka.

好啊，有什麼事嗎？

● 情境會話

Ⓐ この部分、ちょっとわからないので、教えて
ください。

ko.no.bu.bu.n./cho.tto.wa.ka.ra.na.i.no.de./o.shi.e.te.
ku.da.sa.i.

這部分我不太了解，可以請你告訴我嗎？

Ⓑ いいですよ。
i.i.de.su.yo.
好啊。

●情境會話

Ⓐ 犬の散歩をしてくれない？
i.nu.no.sa.n.po.o./shi.te.ku.re.na.i.
你可以幫我遛狗嗎？

Ⓑ ごめん、今ちょっと手が離せないから、あと
でいい？
go.me.n./i.ma.cho.tto./te.ga/ha.na.se.na.i.ka.ra./a.to.de.i.i.
對不起，我現在正忙，等一下可以嗎？

●情境會話

Ⓐ 一人で大丈夫？
hi.to.ri.de./da.i.jo.u.bu.
一個人沒問題嗎？

Ⓑ まあ、ちょっと寂しいね。
ma.a./cho.tto.sa.bi.shi.i.ne.
是有一點寂寞。

●實用例句

☞ ちょっとお尋ねしたいのですが。
cho.tto./o.ta.zu.ne.shi.ta.i.no.de.su.ga.
有些事想問你。

☞ ちょっと待ってください。
cho.tto./ma.tte.ku.da.sa.i.
請等一下。

☞ もうちょっとでバスに遅れるところだった。

mo.u.cho.tto.de./ba.su.ni./o.ku.re.ru.to.ko.ro.da.tta.

差一點就趕不上公車了。

☞ 最後の問題はちょっと難しかったです。

sa.i.go.no./mo.n.da.i.wa./cho.tto./mu.zu.ka.shi.ka.tta.
de.su.

最後的題目有點難。

▼
相關單字

しばらく

shi.ba.ra.ku.

暫時

▼
相關單字

一瞬

i.sshu.n.

瞬間

▼
相關單字

わずか

wa.zu.ka.

一點點、些微的差距

▼
相關單字

少し

su.ko.shi.

一點點

▼
相關單字

ちょっぴり

cho.ppi.ri.

一點點

▶ だめ
da.me.
不行

●情境會話

Ⓐ このケーキー、食べていい？
ko.no.ke.e.ki.i./ta.be.te.i.i.
我可以吃這個蛋糕嗎？

Ⓑ だめ！
da.me.
絕對不可以！

●情境會話

Ⓐ テストはどうだった？
te.su.to.wa./do.u.da.tta.
考試怎麼樣？

Ⓑ いや、ダメだったよ。
i.ya./da.me.da.tta.
看來是不行了。

●情境會話

Ⓐ ちょっと見せて。
cho.tto.mi.se.te.
借我看一下。

Ⓑ だめ。
da.me.
不行。

☞ もうだめだ。

mo.u./da.me.da.

已經不行了。

☞ あの人は何をやらせてもだめだ

a.no.hi.to.wa./na.ni.o./ya.ra.se.te.mo./da.me.da.

那個人，什麼事交給他，他都辦不好。

☞ ソフトを買うには500円ではだめだ。

so.fu.to.o./ka.u.ni.wa./go.hya.ku.e.n.de.ha./da.me.da.

500日圓是買不到軟體的。

☞ 雨で試合がだめになった。

a.me.de./shi.a.i.ga./da.me.ni.na.tta.

因為下雨讓比賽泡湯了。

☞ 努力をしたがだめだった。

do.ryo.ku.o.shi.ta.ga./da.me.da.tta.

雖然付出努力但還是不行。

☞ 彼には親切にしてもだめだ。

ka.re.ni.wa./shi.n.se.tsu.ni.shi.te.mo./da.me.da.

對他好也是白搭。

☞ 今行ってはだめだ。

i.ma.i.tte.wa./da.me.da.

現在去已經來不及了。

相關單字	いけない
	i.ke.na.i.
	不行

▼
相關單字

禁止
き.ん.し.
ki.n.shi.
禁止

▼
相關單字

反対
は.ん.た.い.
ha.n.ta.i.
反對

▼
相關單字

止める
と.
to.me.ru.
阻止

▼
相關單字

役立たない
や.く.だ.
ya.ku.da.ta.na.i.
沒用

▼
相關單字

失格
し.っ.か.く.
shi.ka.ku.
失去資格

▼
相關單字

できない
de.ki.na.i.
辦不到

▼
相關單字

失敗
し.っ.ぱ.い.
shi.ppa.i.
失敗

▼
相關單字

無駄
む.だ.
mu.da.
白費力氣

▶ ここ
ko.ko.
這裡

●情境會話

Ⓐ 何か問題ありませんか？
na.ni.ka./mo.n.ta.i.a.ri.ma.se.n.ka.
有沒有問題？

Ⓑ いいえ。
i.i.e.
沒有。

Ⓐ じゃ、今日はここまで。
ja./kyo.u.wa./ko.ko.ma.de.
那麼，今天就到這裡。

●情境會話

Ⓐ ここは禁煙です。
ko.ko.wa./ki.n.e.n.de.su.
這裡禁菸。

Ⓑ あ、すみません。
a./su.mi.ma.se.n.
啊，不好意思。

●情境會話

Ⓐ ここからのビューは最高ね。
ko.ko.ka.ra.no.byu.u.wa./sa.i.ko.u.ne.
從這裡看出去的景色是最棒的。

Ⓑ うん。素敵だね。
u.n./su.te.ki.da.ne.
真的很棒。

●實用例句

☞ ここで彼に会うとは思いがけない。
ko.ko.de./ka.re.ni.a.u.to.wa./o.mo.i.ga.ke.na.i.
沒想到會在這裡遇到他。

☞ ここはにぎやかです。
ko.ko.wa./ni.gi.ya.ka.de.su.
這裡很熱鬧。

☞ ここはうるさいです。
ko.ko.wa./u.ru.sa.i.de.su.
這裡很吵。

☞ ここで待ってください。
ko.ko.de.ma.tte.ku.da.sa.i.
請在原地等待。

☞ あれっ？ここはどこですか？
a.re./ko.ko.wa.do.ko.de.su.ka.
咦？這裡是哪裡？

☞ ここは茶葉を使った料理やドリンク類を味わえる店です。
ko.ko.wa./cha.ba.o.tu.ka.tta.ryo.u.ri.ya./do.ri.n.ku.ru.i.o./a.ji.wa.e.ru.mi.se.de.su.
這家店可以吃到用茶做的菜和飲品。

☞ ここは台湾にショーロンポーブームをもたら
した店です。

ko.ko.wa./ta.i.wa.n.ni./sho.o.ro.n.po.o.bu.u.mu.o./mo.
ta.ra.shi.ta.mi.se.de.su.

這是帶起台灣小籠包熱潮的店。

▼
相關單字

こっち
ko.cchi.
這裡

▼
相關單字

この
ko.no.
這個

▼
相關單字

これ
ko.re.
這個

▼
相關單字

こちら
ko.chi.ra.
這裡

▶ そこ
so.ko.
那裡

● 情境會話

Ⓐ そこのお皿を取ってください。

so.ko.no.o.sa.ra.o./to.tte.ku.da.sa.i.

可以幫我那邊那個盤子嗎？

Ⓑ はい、どうぞ。

ha.i./do.u.zo.

在這裡，請拿去用。

● 情境會話

Ⓐ プリンスホテルに行こうと思うんですが、道に迷ったようで困っています。

pu.ri.n.su.ho.te.ru.ni./i.ko.u.to.o.mo.u.n.de.su.ga./mi.chi.ni./ma.yo.tta.yo.u.de./ko.ma.tte.i.ma.su.

我想要去王子飯店，但好像迷路了很困擾。

Ⓑ わたしもそこに行くところなんです。そこまで案内します。

wa.ta.shi.mo./so.ko.ni.i.ku.to.ko.ro.na.n.de.su./so.ko.ma.de./a.n.na.i.shi.ma.su.

我正好要去那兒。我帶你去。

● 實用例句

☞ そこに置いておいてください。

so.ko.ni./o.i.te.o.i.te.ku.da.sa.i.

請放在那裡。

☞ そこのところをもう一度読んでみなさい。

so.ko.no.to.ko.ro.o./mo.u.i.chi.do./yo.n.de.mi.na.sa.i.

那個部分請再讀一次。

☞ そこの窓を開けてください。

so.ko.no./ma.do.o./a.ke.te.ku.da.sa.i.

請把那邊的窗戶打開。

▼相關單字
そっち
so.cchi.
那裡

▼相關單字
その
so.no.
那個

▼相關單字
そちら
so.chi.ra.
那邊

▼相關單字
それ
so.re.
那邊

> ▶ あそこ
> a.so.ko.
> 那邊(較遠的地方)

● 情境會話

Ⓐ あそこで待っていてください。

a.so.ko.de./ma.tte.i.te.ku.da.sa.i.
請在那邊稍等。

Ⓑ はい、わかりました。

ha.i./wa.ka.ri.ma.shi.ta.
好,我知道了。

● 實用例句

☞ あそこで何をしていたのですか。

a.so.ko.de./na.ni.o./shi.te.i.ta.no.de.su.ka.
你在那邊做什麼?

▼相關單字	あの a.no. 那個

▼相關單字	あれ a.re. 那個

▼相關單字	あちら a.chi.ra. 那邊

▼相關單字	あっち a.cchi. 那邊

▶ 天気
て.ん.き
te.n.ki.
天氣

● 情境會話

Ⓐ 今日はいい天気ですね。

kyo.u.wa./i.i.te.n.ki.de.su.ne.

今天天氣真好。

Ⓑ そうですね。涼しくて気持ちがいいです。

so.u.de.su.ne./su.zu.shi.ku.te./ki.mo.chi.ga./i.i.de.su.
ne.

是啊，涼爽的天氣真是舒服。

● 情境會話

Ⓐ 今日も寒くてたまらない。

kyo.u.mo./sa.mu.ku.te./ta.ma.ra.na.i.

今天冷到讓人受不了。

Ⓑ 天気予報によれば、明日の気温は5度に下がっ
て、もっと寒くなるそうだよ。

te.n.ki.yo.ho.u.ni.yo.re.ba./a.shi.ta.no./ki.o.n.wa./go.
do.ni.sa.ga.tte./mo.tto./sa.mu.ku.na.ru.so.u.da.yo.

根據天氣預報，明天的氣溫會下降到5度，聽說會變
得更冷喔。

● 情境會話

Ⓐ 雨が降ってきた。

a.me.ga./fu.tte.ki.ta.

下雨了。

Ⓑ 変だなあ。天気予報は晴れるって言ったのに。
he.n.da.na.a./te.n.ki.yo.ho.u.wa./ha.re.ru.tte./i.tta.no.ni.
真奇怪，氣象預報明明說會是晴天。

●實用例句

☞ 変だなあ。天気予報は晴れるって言ったのに。
he.n.da.na.a./te.n.ki.yo.ho.u.wa./ha.re.ru.tte./i.tta.no.ni.
真奇怪，氣象預報明明說會是晴天。

☞ 午後の天気が荒れるそうです。
de.mo./go.go.no.te.n.ki.ga./a.re.ru.so.u.de.su.
聽說下午會變天。

☞ 春らしい天気になった。
ha.ru.ra.shi.i./te.n.ki.ni.na.tta.
真正的春天來了。

▼
相關單字
晴れ
ha.re.
晴朗

▼
相關單字
暖かい
a.ta.ta.ka.i.
溫暖

▼
相關單字
涼しい
su.zu.shi.i.
涼爽

▼
相關單字
あつい
a.tsu.i.
炎熱

▼ 相關單字
曇り
ku.mo.ri.
多雲

▼ 相關單字
雪
yu.ki.
下雪

▼ 相關單字
晴れから曇り
ha.re.ka.ra./ku.mo.ri.
晴轉多雲

▼ 相關單字
曇りから雨
ku.mo.ri.ka.ra./a.me.
陰轉雨

▼ 相關單字
晴れ時々曇り
ha.re./to.ki.do.ki./ku.mo.ri.
多雲時晴

▼ 相關單字
雨
a.me.
雨天

▼ 相關單字
雫
shi.zu.ku.
露水

▼ 相關單字
きりさめ
ki.ri.sa.me.
毛毛雨／小雨

▼相關單字
おおあめ
大雨
o.o.a.me.
大雨

▼相關單字
ぼうう
暴雨
bo.u.u.
暴風雨

▼相關單字
らいう
雷雨
ra.i.u.
雷雨

▼相關單字
つゆ
梅雨
tsu.yu.
梅雨

▼相關單字
かみなり
ka.mi.na.ri.
雷

▼相關單字
いなずま
i.na.zu.na.
閃電

▼相關單字
おおゆき
大雪
o.o.yu.ki.
大雪

▼相關單字
ふぶき
吹雪
fu.bu.ki.
暴風雪

• 137 •

▼相關單字	なだれ na.da.re. 雪崩
▼相關單字	風（かぜ） ka.ze. 風
▼相關單字	霧（きり） ki.ri. 霧
▼相關單字	寒（さむ）い sa.mu.i. 冷
▼相關單字	乾燥（かんそう） ka.n.so.u. 乾燥的
▼相關單字	湿（しめ）り shi.me.ri. 潮濕的／有濕氣的
▼相關單字	蒸（む）し暑（あつ）い mu.shi.a.tsu.i. 不通風的／悶熱的

▶ 趣味
しゅみ
shu.mi.
興趣

●情境會話

Ⓐ 田中さんの趣味は何ですか。
たなか　　　　　しゅみ　なん

ta.na.ka.sa.n.no./shu.mi.wa./na.n.de.su.ka.

田中先生的興趣是什麼呢？

Ⓑ 音楽を聴くことです。
おんがく　き

o.n.ga.ku.o./ki.ku.ko.to.de.su.

我喜歡聽音樂。

●實用例句

☞ 音楽には趣味がありません。
おんがく　　　しゅみ

o.n.ga.ku.ni.wa./shu.mi.ga./a.ri.ma.se.n.

對音樂沒興趣。

☞ ご趣味は何ですか。
しゅみ　なん

go.shu.mi.wa./na.n.de.su.ka.

你的興趣是什麼？

☞ 父の趣味はテニスです。
ちち　しゅみ

chi.chi.no./shu.mi.wa./te.ni.su.de.su.

家父的興趣是打網球。

▼
相關單字

興味
きょうみ
kyo.u.mi.
(有)興趣

▼相關單字	テレビ te.re.bi. 電視

▼相關單字	どくしょ 読書 do.ku.sho. 閱讀

▼相關單字	ショッピング sho.ppi.n.gu. 購物

▼相關單字	えいが 映画 e.i.ga. 電影

▼相關單字	かんげき 観劇 ka.n.ge.ki. 看戲

▼相關單字	こくないりょこう 国内旅行 ko.ku.na.i.ryo.ko.u. 國內旅行

▼相關單字	かいがいりょこう 海外旅行 ka.i.gai.ryo.ko.u. 國外旅遊

▼相關單字	かいすいよく 海水浴 ka.i.su.i.yo.ku. 去海邊

▼ 相關單字
日帰り行楽
ひがえ こうらく
hi.ga.e.ri.ko.u.ra.ku.
一日遊

▼ 相關單字
博物館
はくぶつかん
ha.ku.bu.tsu.ka.n.
博物館

▼ 相關單字
美術館
びじゅつかん
bi.ju.tsu.ka.n.
美術館

▼ 相關單字
動植物園
どうしょくぶつえん
do.u.sho.ku.bu.tsu.e.n.
動植物園

▼ 相關單字
音楽鑑賞
おんがくかんしょう
o.n.ga.ku.ka.n.sho.u.
聽音樂

▼ 相關單字
ドライブ
do.ra.i.bu.
兜風

▼ 相關單字
散歩
さんぽ
sa.n.po.
散步

▼ 相關單字
手芸
しゅげい
shu.ge.i.
手工藝

▼相關單字
にちようだいく
日曜大工
ni.chi.yo.u.da.i.ku.
木工

▼相關單字
えんげい
園芸
e.n.ge.i.
園藝

▼相關單字
い ご
囲碁
i.go.
圍棋

▼相關單字
しょうぎ
将棋
sho.u.gi.
將棋

▼相關單字
まーじゃん
麻雀
ma.a.ja.n.
麻將

▼相關單字
がっきえんそう
楽器演奏
ga.kki.e.n.so.u.
演奏樂器

▼相關單字
かいが
絵画
ka.i.ga.
繪畫

▼相關單字
しょどう
書道
sho.do.u.
書法

▼ 相關單字	写真 しゃしん sha.shi.n. 拍照、照片
▼ 相關單字	パチンコ pa.chi.n.ko. 柏青哥
▼ 相關單字	茶道 さどう sa.do.u. 茶道
▼ 相關單字	華道 かどう ka.do.u. 花道
▼ 相關單字	登山 とざん to.za.n. 爬山
▼ 相關單字	ハイキング ha.i.ki.n.gu. 健行
▼ 相關單字	ペット pe.tto. 寵物
▼ 相關單字	美容 びよう bi.yo.u. 美容

▼
相關單字
釣り
tsu.ri.
釣魚

▼
相關單字
ギャンブル
jya.n.bu.ru.
賭博

▼
相關單字
乗馬
jo.u.ba.
騎馬

▼
相關單字
バンジージャンプ
ba.n.ji.i./ja.n.pu.
高空彈跳

▼
相關單字
パラシュート
pa.ra.shu.u.to.
降落傘跳傘

▼
相關單字
熱気球
ne.tsu.ki.kyu.u.
熱氣球

▼
相關單字
ヘリ
he.ri.
直昇機

▼
相關單字
グライダー
gu.ra.i.da.a.
滑翔機

▼
相關單字
ハンググライダー
ha.n.gu./gu.ra.i.da.a.
滑翔翼

▼
相關單字
スキューバダイビング
su.kyu.u.ba./da.i.bi.n.gu.
潛水

▼
相關單字
ダイビング
da.i.bi.n.gu.
潛水、跳水

▼
相關單字
シュノーケル
shu.no.o.ke.ru.
浮潛

▼
相關單字
サーフィン
sa.a.fi.n.
衝浪

▼
相關單字
ウェークボード
we.e.ku.bo.o.do.
風浪板

▼
相關單字
水上スキー
su.i.jo.u./su.ki.i.
滑水

▼
相關單字
ジェットスキー
je.tto.su.ki.i.
水上摩托車

▼ 相關單字
パラセーリング
pa.ra.se.e.ri.n.gu.
拖曳傘

▼ 相關單字
ウィンドサーフィン
wi.n.do.sa.a.fi.n.
風帆

▼ 相關單字
帆走
はんそう
ha.n.so.u.
帆船航行

▼ 相關單字
ヨット
yo.tto.
帆船、遊艇

▼ 相關單字
船漕ぎ
ふねこ
fu.ne.ko.gi.
划船

▼ 相關單字
カヌー
ka.nu.u.
獨木舟

▼ 相關單字
川下り
かわくだ
ka.wa.ku.da.ri.
泛舟

▼ 相關單字
クルーズ
ku.ru.u.zu.
郵輪旅行

▼相關單字
かんそくせん
観測船
ka.n.so.ku.se.n.
觀察自然生態的船

▼相關單字
よ づ
夜釣り
yo.zu.ri.
夜釣

▼相關單字
うみづ
海釣り
u.mi.zu.ri.
海釣

▼相關單字
キャンプ
kya.n.pu.
露營

▼相關單字
サイクリング
sa.i.ku.ri.n.gu.
騎腳踏車

▼相關單字
ツーリング
tsu.u.ri.n.gu.
開車或騎車兜風

▼相關單字
あ
たこを揚げる
ta.ko.o./a.ge.ru.
放風箏

▶ 仕事
si.go.to.
工作

● 情境會話

Ⓐ 仕事をやめたいなあ。
shi.go.to.o./ya.me.ta.i.na.a.
真想辭職。

Ⓑ またかよ？
ma.ta.ka.yo.
又來了。

Ⓐ だって、つまらないし、上司もうるさいし、
もういやになった。
da.tte./tsu.ma.ra.na.i.shi./jo.u.shi.mo.u.ru.sa.i.shi./mo.
u.i.ya.ni.na.tta./
因為這工作又無聊、上司又囉嗦，真的覺得很煩嘛！

Ⓑ 文句を言うな。仕事はみんなそうだ。
mo.n.ku.o.i.u.na./shi.go.to.wa./mi.n.na.so.u.da.
別抱怨了，工作都是這樣的。

● 情境會話

Ⓐ この仕事は四十代にもできますか？
ko.no.shi.go.to.wa./yo.n.ju.u.da.i.ni.mo./de.ki.ma.su.ka.
四十多歲的人也可以做這個工作嗎？

Ⓑ 歳なんて関係ないですよ。
to.shi.na.n.te./ka.n.ke.i.na.i.de.su.yo.
這和年紀沒有關係。

●實用例句

☞ お仕事お疲れ様でした。

o.shi.go.to./o.tsu.ka.re.sa.ma.de.shi.ta.

工作辛苦了。

☞ 営業の仕事をしています。

e.i.gyo.u.no.shi.go.to.o./shi.te.i.ma.su.

我是業務員。

☞ ちゃんと仕事をしなさい。

cya.n.to./shi.go.to.o./shi.na.sa.i.

請好好工作。

☞ まずひと休みしてそれから仕事にかかろう。

ma.zu.hi.to.ya.su.mi.shi.te./so.re.ka.ra./shi.go.to.ni.ka.
ka.ro.u.

先休息一下，然後再開始工作。

☞ 私にとって一番大切なのは仕事なんだ。

wa.ta.shi.ni.to.tte./i.chi.ba.n.ta.i.se.tsu.na.no.wa./shi.
go.to.na.n.da.

對我來說最重要的就是工作。

▼相關單字
職務
sho.ku.mu.
職務

▼相關單字
任務
ni.n.mu.
任務

▼
相關單字

担当する
たんとう
ta.n.to.u.su.ru.
負責…

▼
相關單字

職責
しょくせき
sho.ku.se.ki.
職責

▼
相關單字

務め／勤め
つと　　つと
tsu.to.me.
工作、任職

▼
相關單字

役目
やくめ
ya.ku.me.
負責工作、職責

▼
相關單字

職
しょく
sho.ku.
工作

▼
相關單字

商売
しょうばい
sho.u.ba.i.
生意

▼
相關單字

職業
しょくぎょう
sho.ku.gyo.u.
職業

▼
相關單字

勤務
きんむ
ki.n.mu.
任職

▶ ファッション

fa.ssho.n.

流行、時尚

● 情境會話

Ⓐ ファッションセンスがいいですね。

fa.ssho.n.se.n.su.ga./i.i.de.su.ne.

你的品味真好。

Ⓑ 本当？ありがとう。田中さんも、いつもセンスがいいバッグを持っていますね。

ho.n.to.u./a.ri.ga.to.u./ta.na.ka.sa.n.mo./i.tsu.mo./se.n.su.ga.i.i.ba.ggu.o./mo.tte.i.ma.su.ne.

真的嗎？謝謝。田中你也是，總是拿著很好看的包包。

● 實用例句

☞ 長めの服がこの冬のファッションです。

na.ga.me.no.fu.ku.ga./ko.no.fu.yu.no./fa.ssyo.n.de.su.

這個冬天流行長版衣。

☞ 彼女はファッションセンスがいいです。

ka.no.jo.wa./fa.ssho.n.se.n.su.ga.i.i.de.su.

她對流行的品味很好。

☞ ファッションにこだわります。

fa.ssho.n.ni./ko.da.wa.ri.ma.su.

對時尚有所堅持。

▼ 相關單字
流行る
ha.ya.ru.
流行

▼ 相關單字
流行りもの
ha.ya.ri.mo.no.
當下流行的東西

▼ 相關單字
かばん
ka.ba.n.
袋狀物品(男女通用)

▼ 相關單字
スーツケース
su.u.tsu.ke.e.su.
行李箱、公事包

▼ 相關單字
財布
sa.i.fu.
皮夾

▼ 相關單字
ポーチ
po.o.chi.
小化妝包

▼ 相關單字
トート
to.o.to.
托特包

▼ 相關單字
リュック
ryu.kku.
登山包／背包

▼相關單字	革靴 かわぐつ ka.wa.gu.tsu. 皮鞋

▼相關單字	スニーカー su.ni.i.ka.a. 運動鞋

▼相關單字	ネクタイ ne.ku.ta.i. 領帶

▼相關單字	靴下 くつした ku.tsu.shi.ta. 襪子

▼相關單字	香水 こうすい ko.u.su.i. 香水

▼相關單字	オーデコロン o.o.de.ko.ro.n. 古龍水

▼相關單字	ピアス pi.a.su. 耳環

▼相關單字	ブレスレット bu.re.su.re.tto. 手環

▼相關單字
ピン
pi.n.
別針／髮夾

▼相關單字
リング
ri.n.gu.
戒指

▼相關單字
ネックレス
ne.kku.re.su.
項鏈

▼相關單字
ブローチ
bu.ro.o.chi.
胸針

▼相關單字
バングル
ba.n.gu.ru.
手鐲

▼相關單字
カチューシャ
ka.chu.u.sha.
髮箍

▼相關單字
ヘアゴム
he.a.go.mu.
綁頭髮的橡皮筋

▶ メイク
me.i.ku.
化妝

● 情境會話

Ⓐ きょうのメイクもかわいいね。
kyo.u.no./me.i.ku.mo./ka.wa.i.i.ne.
你今天的妝也很可愛。

Ⓑ 本当？うれしい。ありがとう。
ho.n.to.u./u.re.shi..i./a.ri.ga.to.u.
真的嗎？我很開心。謝謝。

● 實用例句

☞ 今日感じ違うね、アイメイク変えた。
kyo.u./ka.n.ji.chi.ga.u.ne./a.i.me.i.ku.ka.e.ta.
今天感覺不太一樣，眼妝不同嗎？

相關單字	下地 shi.ta.ji. 妝前霜／飾底乳

相關單字	メイクアップベース me.i.ku.a.ppu.be.e.su. 隔離霜／隔離乳

相關單字	パウダーファンデーション pa.u.da.a./fa.n.de.e.sho.n. 粉餅

▼相關單字
リキッドファンデーション
ri.ki.ddo./fa.n.de.e.sho.n.
粉底液

▼相關單字
スティックファンデーション
su.ti.kku./fa.n.de.e.sho.n.
條狀粉底

▼相關單字
両用タイプ
ryo.u.yo.u.ta.i.pu.
兩用型

▼相關單字
フェイスパウダー
fe.i.su.pa.u.da.a.
蜜粉

▼相關單字
アイライナー
a.i.ra.i.na.a.
眼線眼線筆

▼相關單字
リッキドアイライナー
ri.kki.do./a.i.ra.i.na.a.
眼線液

▼相關單字
アイシャドー
a.i.sha.do.o.
眼影

▼相關單字
クリーミィアイシャドー
ku.ri.i.mi./a.i.sha.do.o.
眼彩

▼相關單字
マスカラ
ma.su.ka.ra.
睫毛膏

▼相關單字
つけまつげ
tsu.ke.ma.tsu.ge.
假睫毛

▼相關單字
ブロウパウダー
bu.ro.u.pa.u.da.a.
眉粉

▼相關單字
アイブロウペンシル
a.i.bu.ro.u./pe.n.shi.ru.
眉筆

▼相關單字
ウォータープルーフ
o.o.ta.a.pu.ru.u.fu.
防水

▼相關單字
チークカラー
chi.i.ku.ka.ra.a.
腮紅

▼相關單字
リップライナー
ri.ppu.ra.i.na.a.
唇線筆

▼相關單字
リップグロス
ri.ppu.gu.ro.su.
唇彩

▼ 相關單字
リップスティック
ri.ppu.su.ti.kku.
口紅

▼ 相關單字
ブラシ
bu.ra.shi.
刷具

▼ 相關單字
シャープナー
sha.a.pu.na.a.
削筆器

▼ 相關單字
パフ
pa.fu.
粉撲

▼ 相關單字
スポンジ
su.po.n.ji.
海綿

▼ 相關單字
綿棒
me.n.bo.u.
棉花棒

▼ 相關單字
化粧用カット綿
ke.sho.u.yo.u./ka.tto.me.n.
化妝棉

▶服
fu.ku.
衣服

●情境會話

Ⓐ 臭っ。
ku.sa.
好臭！

Ⓑ どうしたの。
do.u.shi.ta.no.
怎麼了？

Ⓐ 焼肉の臭いが服に移ってしまった。
ya.ki.ni.ku.no./ni.o.i.ga./fu.ku.ni./u.tsu.tte.shi.ma.tta.
燒肉的臭味沾在衣服上。

●實用例句

☞ 服を着たままで寝ちゃった。
fu.ku.o./ki.ta.ma.ma.de./ne.cha.tta.
穿著外衣就睡著了。

☞ 太ってしまってこの服が着られなくなった。
fu.to.tte.shi.ma.tte./ko.no.fu.ku.ga./ki.ra.re.na.ku.na.tta.
不小心胖了衣服穿不下。

☞ 同じ服は三日間も着てました。
o.na.ji.fu.ku.wa./mi.kka.ka.n.mo.ki.te.ma.shi.ta.
三天都穿同一件衣服。

▼相關單字
上着／トップ
u.wa.gi.
上衣

▼相關單字
スカート
su.ka.a.to.
裙子

▼相關單字
パンツ
pa.n.tsu.
褲子、內褲

▼相關單字
スーツ
su.u.tsu.
西裝、套裝

▼相關單字
シャツ
sha.tsu.
襯衫

▼相關單字
短パン
ta.n.pa.n.
短褲

▼相關單字
トレンチコート
to.re.n.chi./ko.o.to.
風衣

▼相關單字
マント
ma.n.to.
披風

▼ 相關單字	コート ko.o.to. **外套**
▼ 相關單字	ワンピース wa.n.pi.i.su. **洋裝**
▼ 相關單字	ドレス do.re.su. **晚禮服**
▼ 相關單字	ブラウス bu.ra.u.su. **罩衫、女上衣**
▼ 相關單字	タートル ta.a.to.ru. **高領衫**
▼ 相關單字	ベスト be.su.to. **背心**
▼ 相關單字	セーター se.e.ta.a. **毛衣**
▼ 相關單字	<ruby>着物<rt>きもの</rt></ruby> ki.mo.no. **和服**

► ゲーム
ge.e.mu.
遊戲

●情境會話

Ⓐ 休日はいつも何をして過ごしますか。

kyu.u.ji.tsu.wa./i.tsu.mo./na.ni.o./shi.te./su.go.shi.ma.su.ka.

休假通常都做些什麼事呢？

Ⓑ ゲームをやったり、テレビをみたりしています。

ge.e.mu.o./ya.tta.ri./te.re.bi.o./mi.ta.ri.shi.te.i.ma.su.

打電動、看看電視。

●情境會話

Ⓐ 夏休みだからといって、ゲームばっかりしないでちょうだい。

na.tsu.ya.su.mi.da.ka.ra.to.i.tte./ge.e.mu.ba.kka.ri.shi.na.i.de.sho.u.da.i.

就算是暑假，也不要整天都在玩電玩。

Ⓑ 今日の分もう勉強したから、安心して。

kyo.u.no.bu.n.mo.u./be.n.kyo.u.shi.ta.ka.ra./a.n.shi.n.shi.te.

今天的份已經都念完了，你放心。

●實用例句

☞ ゲームってわたしの趣味と言えるかな。

ge.e.mu.tte./wa.ta.shi.no.shu.mi./to.i.e.ru.ka.na.

打電動可以算是我的興趣吧！

☞ 勉強をしなければとおもいつつ、ついゲーム
のほうに目がいって、気が散ってしまった。
be.n.kyo.u.o.shi.na.ke.re.ba.to.o.mo.i.tsu.tsu./tsu.i.ge.
e.mu.ho.ho.u.ni./me.ga.i.tte./ki.ga.chi.tte.shi.ma.tta.
邊想著不念書不行了，卻還是把目光放到電動上面，
不小心分心了。

☞ 最近は、平日は目一杯仕事をして、休日はゲー
ムをしてばっかりだ。
sa.i.ki.n.wa./he.i.ji.tsu.wa./me.i.ppa.i.shi.go.to.o.shi.
te./kyu.u.ji.tsu.wa./ge.e.mu.o.shi.te./ba.kka.ri.da.
最近平常日都很努力在工作，放假時就都在玩電玩。

☞ ネットゲームをしている間に大声をあげて、
家族に注意されました。
ne.tto.ge.e.mu.o./shi.te.i.ru.a.i.da.ni./o.o.go.e.o.a.ge.
te./ka.zo.ku.ni./chu.u.i.sa.re.ma.shi.ta.
玩線上遊戲時聲音太大，被家人警告了。

相關單字	卓上ゲーム ta.ku.jo.u.ge.e.mu. 桌上遊戲
相關單字	カードゲーム ka.a.do.ge.e.mu. 卡片類遊戲
相關單字	ダイスゲーム da.i.su.ge.e.mu. 骰子遊戲

ドミノゲーム
do.mi.no.ge.e.mu.
骨牌遊戲

推理ゲーム
su.i.ri.ge.e.mu.
推理遊戲

コンピュータゲーム
ko.n.pyu.u.ta.ge.e.mu.
電腦遊戲

オンラインゲーム
o.n.ra.i.n.ge.e.mu.
線上遊戲

デザインゲーム
de.za.i.n.ge.e.mu.
設計遊戲

シミュレーション
shi.myu.re.e.sho.n.
虛擬遊戲

ビジネスゲーム
bi.ji.ne.su.ge.e.mu.
經營類遊戲

ロールプレイングゲーム
ro.o.ru.pu.re.i.n.ge.e.mu.
角色扮演遊戲、RPG

▶ アニメ
a.ni.me.
動畫

●情境會話

Ⓐ 昨日、彼女と一緒にディズニーランドへ行っ
たんだ

ki.no.u./ka.no.jo.to.i.sho.ni./di.zu.ni.i.ra.n.do.e./i.tta.n.
da.

我昨天和女友一起去迪士尼喔！

Ⓑ そっか。あ、そういえば、この前、面白いア
ニメを見たって言ってたよね。

so.kka./a./so.i.e.ba./ko.no.ma.e./o.mo.shi.ro.i.a.ni.me.
o./mi.te.tte./i.tte.ta.yo.ne.

是嗎？說到這兒，之前你不是說看了一部很好看的動
畫。

●實用例句

☞ あのアニメって何で人気があるんだろう？

a.no.a.ni.me.tte./na.n.de.ni.n.ki.ga.a.ru.n.da.ro.u.

那部動畫到底為什麼這麼受歡迎呢？

▼相關單字	アニメーション a.ni.me.e.sho.n. 動畫

▼相關單字	動画 do.u.ga. 動畫

▼相關單字	テレビアニメ te.re.bi.a.ni.me. 電視卡通
▼相關單字	アニメ映画 a.ni.me.e.i.ga. 動畫電影
▼相關單字	アニソン a.ni.so.n. 動畫歌曲
▼相關單字	声優 se.i.yu.u. 配音員
▼相關單字	フィギュア fi.gyu.a. 人偶
▼相關單字	キャラクターグッズ kya.ra.ku.ta.a.gu.zzu. 週邊商品
▼相關單字	おたく o.ta.ku. 御宅族
▼相關單字	コスプレ ko.su.pu.re. 角色扮演

▶ スポーツ
su.po.o.tsu.
運動、體育

●情境會話

Ⓐ どんなスポーツが好きですか？

do.n.na.su.po.o.tsu.ga./su.ki.de.su.ka.

你喜歡什麼類型的運動？

Ⓑ ゴルフが好きです。

go.ru.fu.ga./su.ki.de.su.

我喜歡打高爾夫。

●實用例句

☞ スポーツが下手です

su.po.o.tsu.ga./he.ta.de.su.

不擅長運動

▼相關單字 ビリヤード
bi.ri.ya.a.do.
撞球

▼相關單字 卓球
ta.kkyu.u.
乒乓球

▼相關單字 バドミントン
ba.do.mi.n.to.n.
羽毛球

▼ 相關單字
バレーボール
be.re.e.bo.o.ru.
排球

▼ 相關單字
クリケット
ku.ri.ke.tto.
板球

▼ 相關單字
テニス
te.ni.su.
網球

▼ 相關單字
野球
ya.kyu.u.
棒球

▼ 相關單字
ソフトボール
so.fu.to.bo.o.ru.
壘球

▼ 相關單字
ハンドボール
ha.n.do.bo.o.ru.
手球

▼ 相關單字
アイスホッケー
a.i.su.ho.kke.e.
冰上曲棍球

▼ 相關單字
ボウリング
bo.u.ri.n.gu.
保齡球

▼相關單字
ゴルフ
go.ru.fu.
高爾夫球

▼相關單字
ドッジボール
do.jji.bo.o.ru.
躲避球

▼相關單字
サッカー
sa.kka.a.
足球

▼相關單字
ラグビー
ra.gu.bi.i.
英式橄欖球

▼相關單字
アメリカンフットボール
a.me.ri.ka.n./fu.tto.bo.o.ru.
美式足球

▼相關單字
バスケットボール
ba.su.ke.tto./bo.o.ru.
籃球

▼相關單字
すいえい
水泳
su.i.e.i.
游泳

▼相關單字
アイススケート
a.i.su./su.ke.e.to.
滑冰

▼相關單字
スキー
su.ki.i.
滑雪

▼相關單字
スノーボード
su.no.o.bo.o.do.
滑雪板

▼相關單字
ボクシング
bo.ku.shi.n.gu.
拳擊

▼相關單字
空手
からて
ka.ra.te.
空手道

▼相關單字
相撲
すもう
su.mo.u.
相撲

▼相關單字
レスリング
re.su.ri.n.gu.
摔角

▼相關單字
剣道
けんどう
ke.n.do.u.
剣道

▶ 文化
ぶ.ん.か.
bu.n.ka.
文化

● 情境會話

Ⓐ 大学で何を専攻したいですか。

da.i.ga.ku.de./na.ni.o./se.n.ko.u.shi.ta.i.de.su.ka.

進大學後想主修什麼？

Ⓑ フランス文化が好きなのでフランス語を学びたいです。

fu.ra.n.su.bu.n.ka.ga.su.ki.na.no.de./fu.ra.n.su.go.o./
ma.na.bi.ta.i.de.su.

因為我喜歡法國文化，所以想學法文。

● 實用例句

☞ この国の文化水準は高いです。

ko.no.ku.ni.no./bu.n.ka.su.i.ju.n.wa./ta.ka.i.de.su.

這個國家的文化水準很高。

相關單字
伝統工芸
de.n.to.u.ko.u.ge.i.
傳統工藝

相關單字
街頭文化
ga.i.to.u.bu.n.ka.
街頭文化

▼ 相關單字
ぎれい
儀礼
gi.re.i.
禮儀、禮節

▼ 相關單字
ぎしき
儀式
gi.shi.ki.
儀式

▼ 相關單字
かぞくせいど
家族制度
ka.zo.ku.se.i.do.
家族制度

▼ 相關單字
つ あ
付き合い
tsu.ki.a.i.
交往、往來

▼ 相關單字
ぞうとう
贈答
zo.u.to.u.
贈答、互贈禮品

► 元気
げんき
ge.n.ki.
精神、健康

●情境會話

Ⓐ こんにちは。お久しぶりです。

ko.n.ni.chi.wa./o.hi.sa.shi.bu.ri.de.su.

你好。好久不見。

Ⓑ あ、小林さん。お久しぶりです。お元気ですか？

a./ko.ba.ya.shi.sa.n./o.hi.sa.shi.bu.ri.de.su./o.ge.n.ki.de.su.ka.

啊，小林先生。好久不見了。近來好嗎？

●實用例句

☞ お元気ですか？

o.ge.n.ki.de.su.ka.

近來如何？

☞ ご家族は元気ですか？

go.ka.zo.ku.wa./ge.n.ki.de.su.ka.

你的家人好嗎？

☞ 元気を出してください。

ge.n.ki.o.da.shi.te.ku.da.sa.i.

請打起精神。

☞ 元気です。

ge.n.ki.de.su.

（我）很好。

▼
相關單字
けんこう
健康
ke.n.ko.u.
健康

▼
相關單字
からだ
ka.ra.da.
身體

▼
相關單字
かつりょく
活力
ka.tsu.ryo.ku.
活力

▼
相關單字
きりょく
気力
ki.ryo.ku.
元氣

▼
相關單字
エネルギー
e.ne.ru.gi.
能量

▼
相關單字
パワー
pa.wa.a.
力量

▼
相關單字
じょうぶ
丈夫
jo.u.bu.
可靠、健康

▼
相關單字
かおいろ
顔色
ka.o.i.ro.
氣色

▼
相關單字
体調
たいちょう
ta.i.cho.u.
健康狀態

▼
相關單字
ぴんぴん
pi.n.pi.n.
很有活力

▼
相關單字
病気がち
びょうき
byo.u.ki.ga.chi.
體弱多病

▼
相關單字
ダイエット
da.i.e.tto.
減肥

> ► パソコン
> pa.so.ko.n.
> 電腦

● 情境會話

Ⓐ 抽選でパソコンが当たった！

chu.u.se.n.de./pa.so.ko.n.ga./a.ta.tta.

我抽中電腦了。

Ⓑ すごい。おめでとう。

su.go.i./o.me.de.to.u.

好厲害喔，恭喜你。

● 實用例句

☞ パソコンの周辺商品を生産します

pa.so.ko.n.no./shu.u.he.n.sho.u.hi.n.o./se.i.sa.n.shi.ma.su.

製造電腦週邊。

▼相關單字	スマホ su.ma.ho. 智慧型手機

▼相關單字	ノートパソコン／ノートPC no.o.to.pa.so.ko.n. 筆記型電腦

▼相關單字	タブレット ta.bu.re.tto. 平板電腦

▼相關單字
サーバ
sa.a.ba.
伺服器

▼相關單字
メインメモリ
me.i.n.me.mo.ri.
記憶體

▼相關單字
ハードディスク
ha.a.do.di.su.ku.
硬碟

▼相關單字
マザーボード
ma.za.a.bo.o.do.
主機板

▼相關單字
ソフト
so.fu.to.
軟體

▼相關單字
ディスプレイ
di.su.pu.re.i.
螢幕

▼相關單字
キーボード
ki.i.bo.o.do.
鍵盤

▼相關單字
マウス
ma.u.su.
滑鼠

▼相關單字

スキャナ
su.kya.na.
掃描機

▼相關單字

デジタルカメラ
de.ji.ta.ru.ka.me.ra.
數位相機

▼相關單字

スピーカー
su.pi.i.ka.a.
喇叭

▼相關單字

プリンター
pu.ri.n.ta.a.
印表機

▼相關單字

複合機
ふくごうき
fu.ku.go.u.ki.
事務機

▼相關單字

ネットワークケーブル
ne.tto.wa.a.ku.ke.e.bu.ru.
網路線

▼相關單字

無線LAN
むせん
mu.se.n.fa.n.
無線LAN

▼相關單字

アプリ
a.pu.ri.
應用軟體、app

▶ 経済
けいざい
ke.i.za.i.
經濟

● 情境會話

Ⓐ 大学での専攻は何ですか。
だいがく　　せんこう　なん

da.i.ga.ku.de.no./se.n.ko.u.wa./na.n.de.su.ka.

大學主修什麼呢？

Ⓑ 経済学です。
けいざいがく

ke.i.za.i.ga.ku.de.su.

經濟學。

● 實用例句

☞ 経済学科の学生です。
けいざいがっか　　がくせい

ke.za.i.ga.kka.no./ga.ku.se.i.de.su.

我讀經濟系。

☞ 経済問題に最も関心を払っています。
けいざいもんだい　もっと　かんしん　　はら

ke.i.za.i.mo.n.da.i.ni./mo.tto.mo.ka.n.shi.n.o./ha.ra.tte.i.ma.su.

最關切經濟問題。

▼
相關單字

商業
しょうぎょう
sho.u.gyo.u.
商業

▼
相關單字

ビジネス
bi.ji.ne.su.
商業

▼相關單字
ミューチュアルファンド
yu.u.chu.a.ru.fa.n.do.
共同基金

▼相關單字
りゅうどうしさん
流動資産
ryu.u.do.u.shi.sa.n.
流動資產

▼相關單字
りゅうどうふさい
流動負債
ryu.u.do.u.fu.sa.i.
流動負債

▼相關單字
こていしさん
固定資産
ko.te.i.shi.sa.n.
固定資產

▼相關單字
こていふさい
固定負債
ko.te.i.fu.sa.i.
固定負債

▼相關單字
かぶぬししほんきん
株主資本金
ka.bu.nu.shi.shi.ho.n.ki.n.
資本

▼相關單字
くろじ
黒字
ku.ro.ji.
順差、獲利

▼相關單字
あかじ
赤字
a.ka.ji.
逆差、虧損

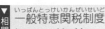
▼ 相關單字
いっぱんとっけいかんぜいせいど
一般特恵関税制度
i.ppa.n.to.kke.i.ka.n.ze.i.se.i.do.
特惠關稅制度

▼ 相關單字
かんぜい
関税
ka.n.ze.i.
關稅

▼ 相關單字
かんぜいじしゅけん
関税自主権
ka.n.ze.i.ji.shu.ke.n.
關稅自主權

▼ 相關單字
かんぜいどうめい
関税同盟
ka.n.ze.i.do.u.me.i.
關稅同盟

▼ 相關單字
きょうていぜいりつ
協定税率
kyo.u.te.i.ze.i.ri.tsu.
協定稅率

▼ 相關單字
きょうどうしじょう
共同市場
kyo.u.do.u.shi.jo.u.
共同市場

▼ 相關單字
けいざいさんぎょうしょう
経済産業省
ke.i.za.i.sa.n.gyo.u.sho.u.
經濟產業部

▼ 相關單字
けいざいせいさい
経済制裁
ke.i.za.i.se.i.sa.i.
經濟制裁

▼ 相關單字
けいざいとっく
経済特区
ke.i.za.i.to.ku.ku.
經濟特區

▼ 相關單字
げんさんちしょうめいしょ
原産地証明書
ge.n.sa.n.chi.sho.u.me.i.sho.
產地証明書

▼ 相關單字
こうえきこう
交易港
ko.u.e.ki.ko.u.
交易港

▼ 相關單字
こくさいきょうそうりょく
国際競争力
ko.ku.sa.i.kyo.u.so.u.ryo.ku.
國際競爭力

▼ 相關單字
じゆうぼうえききょうてい
自由貿易協定
ji.yu.u.bo.u.e.ki.kyo.u.te.i.
自由貿易原則

▼ 相關單字
しんようじょう
信用状
shi.n.yo.u.jo.u.
信用証

▼ 相關單字
ちゅうけいぼうえき
中継貿易
chu.u.ke.i.bo.u.e.ki.
轉口貿易

► 電話
でんわ
de.n.wa.
電話

●情境會話

Ⓐ パーティーは八時半って聞いたんだけど。
はちじはん

pa.a.ti.i.wa.ha.chi.ji.ha.n.tte./ki.i.ta.n.da.ke.do.

我聽說派對是八點半開始。

Ⓑ いや、電話で七時半にって確かに聞きました。
でんわ しちじはん たし

i.ya./de.n.wa.de.shi.chi.ji.ha.n.ni.tte./ta.shi.ka.ni.ki.ki.
ma.shi.ta.

不，我在電話中的確聽到是說七點半。

●實用例句

☞ また電話してね。

ma.ta.de.n.wa.shi.te.ne.

要打電話給我喔。

☞ こんな時間に電話して、何かありましたか？
じかん なに

ko.n.na.ji.ka.n.ni.de.n.wa.shi.te./na.ni.ka.a.ri.ma.shi.ta.
ka.

這種時間打來，有什麼事嗎？

☞ 後ほどまた電話をします。
のち でんわ

no.chi.ho.do./ma.ta.de.n.wa.o.shi.ma.su.

稍後會再電話來。

☞ お電話代わりました。佐藤です。
でんわか さとう

o.de.n.wa.ka.wa.ri.ma.shi.ta./sa.to.u.de.su.

電話換人接聽了，我是佐藤。

☞ 間違い電話です。
ma.chi.ga.i.de.n.wa.de.su.
你打錯電話了。

▼相關單字	マナーモード ma.na.a.mo.o.do. 手機靜音模式

▼相關單字	メール me.e.ru. 簡訊、mail

▼相關單字	送信 so.u.shi.n. 發送

▼相關單字	受信 ju.shi.n. 收訊、接收

▼相關單字	公衆電話 ko.u.shu.u.de.n.wa. 公共電話

▼相關單字	切る ki.ru. 切斷(電話)

▼相關單字	接続 se.tsu.zo.ku. 接通(電話)

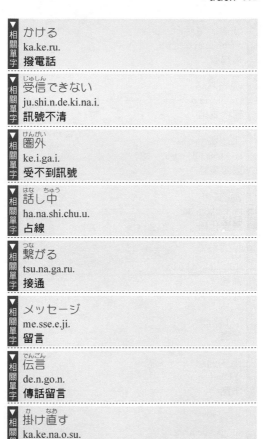

▼
相關單字
かける
ka.ke.ru.
撥電話

▼
相關單字
受信できない
ju.shi.n.de.ki.na.i.
訊號不清

▼
相關單字
圏外
ke.i.ga.i.
受不到訊號

▼
相關單字
話し中
ha.na.shi.chu.u.
占線

▼
相關單字
繋がる
tsu.na.ga.ru.
接通

▼
相關單字
メッセージ
me.sse.e.ji.
留言

▼
相關單字
伝言
de.n.go.n.
傳話留言

▼
相關單字
掛け直す
ka.ke.na.o.su.
再致電

▼ 相關單字
間違い電話
ma.chi.ga.i.de.n.wa.
撥錯號

▼ 相關單字
国内電話
ko.ku.na.i.de.n.wa.
國內電話

▼ 相關單字
国際電話
ko.ku.sa.i.de.n.wa.
國際電話

▼ 相關單字
国コード
ko.ku.ko.o.do.
國家代碼

▼ 相關單字
市外局番
shi.ga.i.kyo.ku.ba.n.
區號

▼ 相關單字
内線
na.i.se.n.
分機

▼ 相關單字
市内通話
shi.na.i.tsu.u.wa.
市話

▼ 相關單字
市外電話
shi.ga.i.de.n.wa.
長途電話

▼
相關單字
緊急コール
ki.n.kyu.u.ko.o.ru.
緊急電話

▼
相關單字
無料通話
mu.ryo.u.tsu.u.wa.
免費電話

▼
相關單字
番号案内
ba.n.go.u.a.n.na.i.
查號臺

▼
相關單字
携帯電話
ke.i.ta.i.de.n.wa.
行動電話

▼
相關單字
インターホン
i.n.ta.a.ho.n.
對講裝置

► 休み
ya.su.mi.
休息、休假

● 情境會話

Ⓐ もうすぐ昼休みですよ。お腹がすいてきましたね。

mo.u.su.gu.hi.ru.ya.su.mi.de.su.yo./o.na.ka.ga.su.i.te./ki.ma.shi.ta.ne.

馬上就到午休時間了，肚子好餓喔。

Ⓑ そうですね、そろそろお昼にしましょうか。

so.u.de.su.ne./so.ro.so.ro.o.hi.ru.ni./shi.ma.sho.u.ka.

是啊，差不多該出去吃午餐了。

● 實用例句

☞ お休み中に恐れ入ります。

o.ya.su.mi.chu.u.ni./o.so.re.i.ri.ma.su.

不好意思，打擾你休息。

▼ 相關單字
休み中
ya.su.mi.chu.u.
休息中

▼ 相關單字
閉店
he.i.te.n.
關店

▼ 相關單字
定休日
te.i.kyu.u.bi.
本日公休

▼
相關單字

たいきん
退勤
ta.i.ki.n.
下班

▼
相關單字

けっきん
欠勤
ke.kki.n.
請假

▼
相關單字

きゅうけいじかん
休憩時間
kyu.u.ke.i.ji.ka.n.
休息時間

▼
相關單字

がいしゅつさき
外出先
ga.i.shu.tsu.sa.ki.
外出的目的地

▼
相關單字

ちょっき
直帰
cho.kki.
直接回家不回公司

▼
相關單字

きゅうか
休暇
kyu.u.ka.
休假

▼
相關單字

ゆうきゅうきゅうか
有給休暇
yu.u.kyu.u.kyu.u.ka.
年假、特休

▼
相關單字

ゆうきゅう
有休
yu.u.kyu.u.
年假、特休

▼相關單字

ねんきゅう
年休
ne.n.kyu.u.
年假

▼相關單字

こくみん　しゅくじつ
国民の祝日
ko.ku.mi.n.no.shu.ku.ji.tsu.
國定假日

▼相關單字

ふりかえきゅうじつ
振替休日
fu.ri.ka.e.kyu.u.ji.tsu.
補假

▼相關單字

こくみん　きゅうじつ
国民の休日
ko.ku.mi.n.no.kyu.u.ji.tsu.
例假日

▼相關單字

くみあいきゅうか
組合休暇
ku.mi.a.i.kyu.u.ka.
公假

▼相關單字

びょうきゅう
病休
byo.u.kyu.u.
病假

▼相關單字

びょうききゅうか
病気休暇
byo.u.ki.kyu.u.ka.
病假

▼相關單字

けっこんきゅうか
結婚休暇
ke.kko.n.kyu.u.ka.
婚假

▼
相關單字
産休
sa.n.kyu.u.
產假

▼
相關單字
育児休暇
i.ku.ji.kyu.u.ka.
育兒假

▼
相關單字
育休
i.ku.kyu.u.
育兒假

▼
相關單字
生理休暇
se.i.ri.kyu.u.ka.
生理假

▼
相關單字
忌引休暇
ki.bi.ki.kyu.u.ka.
喪假

▼
相關單字
リフレッシュ休暇
ri.re.re.sshu.kyu.u.ka.
公司給予的休假(類似補休)

▼
相關單字
夏休み
na.tsu.ya.su.mi.
暑假

▼
相關單字
冬休み
fu.yu.ya.su.mi.
寒假

▼
相關單字
<ruby>春休<rt>はるやす</rt></ruby>み
ha.ru.ya.su.mi.
春假

▼
相關單字
<ruby>休日出勤<rt>きゅうじつしゅっきん</rt></ruby>
kyu.u.ji.tsu.shu.kki.n.
假日加班

▼
相關單字
<ruby>飛石連休<rt>とびいしれんきゅう</rt></ruby>
to.bi.i.shi.re.n.kyu.u.
含週末的連休、彈性放假

► 祝い
いわ
o.i.wa.i.
祝賀、祝福

●情境會話

Ⓐ 今日も綺麗ですね。
きょう きれい

kyo.u.mo.ki.re.i.de.su.ne.

你今天也很漂亮。

Ⓑ ありがとう、今日は母の誕生日なんです。
きょう はは たんじょうび

a.ri.ga.to.u./kyo.u.wa./ha.ha.no.ta.n.jo.u.bi.na.n.de.su.

謝謝，因為今天是我媽的生日。

Ⓐ どのようにして祝いますか？
いわ

do.no.yo.u.ni.shi.te./o.i.wa.i.ma.su.ka.

要怎麼慶祝呢？

Ⓑ 豪華なイタリア料理を食べに行くつもりです。
ごうか りょうり た い

go.u.ka.na.i.ta.ri.a.ryo.u.ri.o./ta.be.ni.i.ku.tsu.mo.ri.de.
su.

我們要去吃豪華義大利餐。

●實用例句

☞ 結婚祝いに何をあげようか。
けっこんいわ なに

ke.kko.n.i.wa.i.ni./na.ni.o./a.ge.yo.u.ka.

慶祝你結婚，送你個禮物吧。

▼
相關單字

お祝い
いわ
o.i.wa.i
祝福

▼ 相關單字
結婚式お祝い
ke.kko.n.shi.ki.o.i.wa.i.
恭喜結婚

▼ 相關單字
誕生日お祝い
ta.n.jo.u.bi.o.i.wa.i.
生日祝賀

▼ 相關單字
成人式お祝い
se.i.ji.n.shi.ki.o.i.wa.i.
成年祝賀

▼ 相關單字
合格祝い
go.u.ka.ku.i.wa.i.
金榜提名祝賀

▼ 相關單字
卒業祝い
so.tsu.gyo.u.i.wa.i.
畢業祝賀

▼ 相關單字
新築祝い
shi.n.chi.ku.i.wa.i.
遷居（新房子）祝賀

> ► メール
> me.e.ru.
> mail、簡訊

● 情境會話

Ⓐ そろそろ時間です。じゃ、行ってきます。

so.ro.so.ro.ji.ka.n.de.su./ja./i.tte.ki.ma.su.

時間差不多了，我要出發了。

Ⓑ 行ってらっしゃい。何かあったら、メールしてください。

i.tte.ra.ssha.i./na.ni.ka.a.tta.ra./me.e.ru.shi.te.ku.da.sa.i.

請慢走。有什麼事的話，請寫mail告訴我。

● 實用例句

☞ 向こうに着いたら必ずメールしてね。

mu.ko.u.ni.tsu.i.ta.ra./ka.na.ra.zu.me.e.ru.shi.te.ne.

到了之後要記得寄mail給我喔！

☞ 音楽を聴きながらケータイでメールをしている人を多く見かけます。

o.n.ga.ku.o./ki.ki.na.ga.ra./ke.e.ta.i.de./me.e.ru.o.shi.te.i.ru.hi.to.o./o.o.ku.mi.ka.ke.ma.su.

經常可以看到一邊聽音樂，一邊用手機傳送簡訊的人。

▼ 相關單字

メールアドレス
me.e.ru.a.do.re.su.
郵件帳號

▼相關單字
お礼メール
<ruby>礼<rt>れい</rt></ruby>
o.re.i.me.e.ru.
致謝電子郵件

▼相關單字
挨拶メール
<ruby>挨拶<rt>あいさつ</rt></ruby>
a.i.sa.tsu.me.e.ru.
問候的電子郵件

▼相關單字
退職の挨拶
<ruby>退職<rt>たいしょく</rt></ruby> <ruby>挨拶<rt>あいさつ</rt></ruby>
ta.i.sho.ku.no.a.i.sa.tsu.
告知離職

▼相關單字
季節のメール
<ruby>季節<rt>きせつ</rt></ruby>
ki.se.tsu.no.me.e.ru.
季節問候之電子郵件

▼相關單字
クリスマスメール
ku.ri.su.ma.su.me.e.ru.
聖誕祝賀電子郵件

▼相關單字
年賀状
<ruby>年賀状<rt>ねんがじょう</rt></ruby>
ne.n.ga.jo.u.
賀年明信片

▼相關單字
寒中見舞い
<ruby>寒中見舞<rt>かんちゅうみま</rt></ruby>
ka.n.chu.u.mi.ma.i.
冬季問候

▼相關單字
暑中見舞い
<ruby>暑中見舞<rt>しょちゅうみま</rt></ruby>
sho.chu.u.mi.ma.i.
夏季問候

▼
相關單字
残暑見舞い
za.n.sho.mi.ma.i.
夏季尾聲的問候

▼
相關單字
住所
ju.u.sho.
地址

▼
相關單字
差出人
sa.shi.da.shi.ji.n.
寄件人

▼
相關單字
発信人
ha.sshi.n.ni.n.
寄件人

▼
相關單字
送信者
so.u.shi.n.sha.
寄件人

▼
相關單字
宛先
a.te.sa.ki.
收件人

▼
相關單字
載る
no.ru.
印/寫

▼
相關單字
小包
ko.zu.tsu.mi.
包裹

▼
相關單字

ぶんつう
文通
bu.n.tsu.u.
信件/通信

▼
相關單字

ビジネスメール
bi.ji.ne.su.me.e.ru.
商業書信

▼
相關單字

メールボックス
me.e.ru.bo.kku.su.
郵筒

▼
相關單字

じゅしんばこ
受信箱
ju.shi.n.ba.ko.
電子郵件收信匣

▼
相關單字

ふそくぶんちゃくばらい
不足分着払
fu.so.ku.bu.n.cha.ku.ba.ra.i.
郵資不足（由收方付費）

▼
相關單字

ゆうびんばんごう
郵便番号
yu.u.bi.n.ba.n.go.u.
郵地區號

▼
相關單字

はがき
ha.ga.ki.
明信片

▼
相關單字

ポストカード
po.su.to.ka.a.do.
明信片

▼
相關單字
こうくうゆうびん
航空郵便
ko.u.ku.u.yu.u.bi.n.
航空郵寄

▼
相關單字
こくさいゆうびん
国際郵便
ko.ku.sa.i.yu.u.bi.n.
國際郵件

▼
相關單字
こくさい
国際スピード郵便
ゆうびん
ko.ku.sa.i.su.pi.i.do.yu.u.bi.n.
航空速遞

▼
相關單字
かきとめ
書留
ka.ki.to.me.
掛號郵件

▼
相關單字
そくたつ
速達
so.ku.ta.tsu.
快遞郵件

▼
相關單字
はいたつ
配達
ha.i.ta.tsu.
宅配

▼
相關單字
ちゃくばらい
着払
cha.ku.ba.ra.i.
貨到付款

▼
相關單字
だいきんひきかえ
代金引換
da.i.ki.n.hi.ki.ka.e.
貨到付款（通常用於網路、電視購物時）

▼ 相關單字
りょうきんうけとりにんばらい
料金受取人払
ryo.u.ki.n.u.ke.to.ri.ni.n.ba.ra.i.
寄件人付款

▼ 相關單字
ふつうゆうびん
普通郵便
fu.tsu.u.yu.u.bi.n.
普通郵件

▼ 相關單字
きって
切手
ki.tte.
郵票

▼ 相關單字
いんさつぶつ
印刷物
i.n.sa.tsu.bu.tsu.
印刷品

▼ 相關單字
はいそう
配送
ha.i.so.u.
投遞

▼ 相關單字
ゆうびんはいたついん
郵便配達員
yu.u.bi.n.ha.i.ta.tsu.i.n.
郵差

▼ 相關單字
さしだしにん
差出人
sa.shi.da.shi.ni.n.
寄件人

▼ 相關單字
てんぷ
添付ファイル
te.n.pu.fa.i.ru.
附加檔案

▶ ネット
ne.tto.
網路

● 情境會話

Ⓐ お仕事は。

o.shi.go.to.wa.

請問你的工作是什麼？

Ⓑ ネットセキュリティの会社に勤めています。

ne.tto.se.kyu.ri.ti.no.ka.i.sha.ni./tsu.to.me.te.i.ma.su.

我在網路安全公司任職。

● 實用例句

☞ ネットゲームをしています。

ne.tto.ge.e.mu.o.shi.te.i.ma.su.

玩線上遊戲。

▼ 相關單字
IPアドレス
a.i.pi.i.a.do.re.su.
IP位址

▼ 相關單字
ドメイン名
do.me.i.n.me.i.
網域名稱

▼ 相關單字
アクセス
a.ku.se.su.
連線、連接

▼相關單字
ブロードバンド
bu.ro.o.do.ba.n.do.
寬頻

▼相關單字
接続
se.tsu.zo.ku.
連線、連接

▼相關單字
インターネットカフェ
i.n.ta.a.ne.tto.ka.fe.
網咖

▼相關單字
漫画喫茶
ma.n.ga.ki.ssa.
漫畫網咖

▼相關單字
電子掲示板
de.n.shi.ke.i.shi.ba.n.
BBS

▼相關單字
チャット
cha.tto.
網路聊天

▼相關單字
ブログ
bu.ro.gu.
部落格

▼相關單字
ツイッター
tsu.i.tta.a.
推特

► 買い物
ka.i.mo.no.
購物

● 情境會話

Ⓐ こにちは。
ko.ni.chi.wa.
你好。

Ⓑ おっ、こんにちは。偶然だね。
o./ko.n.ni.chi.wa./gu.u.ze.n.da.ne.
你好，真是巧啊！

Ⓐ 斉藤さん今日はどちらへ？
sa.i.to.u.sa.n./kyo.u.wa./do.chi.ra.e.
齊藤先生你今天要去哪裡呢？

Ⓑ ちょっと買い物に。。
cho.tto.ka.i.mo.no.ni.
去買些東西。

● 實用例句

☞ 買い物ばかりしないで、子供のために貯金したほうがいいよ。
ka.i.mo.no.ba.ka.ri.shi.na.i.de./ko.do.mo.no.ta.me.ni./cho.ki.n.shi.ta.ho.u.ga./i.i.yo.
不要一直買東西，也為孩子存點錢吧！

☞ ラッキーな買い物をした。
ra.kki.i.na.ka.i.mo.no.o./shi.ta.
很幸運買到好東西。

▼相關單字
ショッピング
sho.ppi.n.gu.
購物

▼相關單字
カート
ka.a.to.
手推車

▼相關單字
かご
ka.go.
籃子

▼相關單字
コーナー
ko.o.na.a.
區域

▼相關單字
棚
ta.na.
貨架

▼相關單字
勘定場
ka.n.jo.u.ba.
結帳處

▼相關單字
お会計
o.ka.i.ke.i.
結帳櫃台

▼相關單字
レジ
re.ji.
收銀機

▼ 相關單字	しなぎ 品切れ shi.na.gi.re. 缺貨
▼ 相關單字	ざいこちゅう 在庫中 za.i.ko.chu.u. 有貨
▼ 相關單字	と　よ 取り寄せ to.ri.yo.se. 調貨
▼ 相關單字	よやく 予約 yo.ya.ku. 預約
▼ 相關單字	せんこうはんばい 先行販売 se.n.ko.u.ha.n.ba.i. 搶先販賣
▼ 相關單字	きんいつ 均一 ki.n.i.tsu. 均一價
▼ 相關單字	ていか 定価 te.i.ka. 不二價
▼ 相關單字	いちわりびき 一割引 i.chi.wa.ri.bi.ki. 九折

▼相關單字
に わりびき
二割引
ni.wa.ri.bi.ki.
八折

▼相關單字
さんわりびき
三割引
sa.n.wa.ri.bi.ki.
七折

▼相關單字
よんわりびき
四割引
yo.n.wa.ri.bi.ki.
六折

▼相關單字
ご わりびき
五割引
go.wa.ri.bi.ki.
五折

▼相關單字
ろくわりびき
六割引
ro.ku.wa.ri.bi.ki.
四折

▼相關單字
ななわりびき
七割引
na.na.wa.ri.bi.ki.
三折

▼相關單字
はちわりびき
八割引
ha.chi.wa.ri.bi.ki.
兩折

▼相關單字
きゅうわりびき
九割引
kyu.u.wa.ri.bi.ki.
一折

▼相關單字
むりょう
無料
mu.ryo.u.
免費

▼相關單字
ただ
ta.da.
免費

▼相關單字
とく
お得
o.to.ku.
特價

▼相關單字
クーポン
ku.u.po.n.
優待券

▼相關單字
チラシ
chi.ra.shi.
廣告傳單

▼相關單字
おおうりだ
大売出し
o.o.u.ri.da.sh.
大拍賣

▼相關單字
セール
se.e.ru.
拍賣

▼相關單字
かんしゃまつ
感謝祭り
ka.n.sha.ma.tsu.ri.
感恩特賣

▼相關單字
はんがく
半額
ha.n.ga.ku.
半價

▼相關單字
したど
下取り
shi.ta.do.ri.
折價換新

▼相關單字
ざいこいっそう
在庫一掃セール
za.i.kko.u./i.sso.u./se.e.ru.
出清存貨

▼相關單字
ね び
値引き
ne.bi.ki.
降價

▼相關單字
かいけい
お会計
o.ka.i.ke.i.
付款

▼相關單字
げんきん
現金
ge.n.ki.n.
付現

▼相關單字
クレジットカード
ku.re.ji.tto./ka.a.do.
信用卡

▼相關單字
げんきん
現金のみ
ge.n.ki.n./no.mi.
只接受現金

▼
相關單字
チップ
chi.ppu.
小費

▼
相關單字
サービス料
sa.a.bi.su.ryo.u.
服務費

▼
相關單字
お釣り
o.tsu.ri.
零錢

▼
相關單字
分割払い
bu.n.ka.tsu./ba.ra.i.
分期付款

▼
相關單字
店員
te.n.i.n.
店員

▼
相關單字
ポイントカード
po.i.n.to./ka.a.do.
集點卡

▼
相關單字
還元金
ka.n.ge.n.ki.n.
現金還元

▼
相關單字
ポイント
po.i.n.to.
點數

▼
相關單字

割引
わりびき
wa.ri.bi.ki.
折扣

▼
相關單字

特別価格
とくべつかかく
to.ku.be.tsu./ka.ka.ku.
特別優待

▼
相關單字

割引対象外
わりびきたいしょうがい
wa.ri.bi.ki./ta.i.sho.u.ga.i.
不打折

▼
相關單字

割引商品
わりびきしょうひん
wa.ri.bi.ki./sho.u.hi.n.
折扣商品

▼
相關單字

安くする
やす
ya.su.ku.su.ru.
降點價

▼
相關單字

バーゲンセール
ba.a.ge.n./se.e.ru.
大拍賣

▼
相關單字

激安
げきやす
ge.ki.ya.su.
非常便宜

▼
相關單字

交渉
こうしょう
ko.u.sho.u.
討價還價

▼相關單字	超出我的預算 yo.sa.n./o.o.ba.a. 予算オーバー
▼相關單字	値札 ne.fu.da. 價格標籤
▼相關單字	払い戻す ha.ra.i.mo.do.su. 退錢
▼相關單字	弁償 be.n.sho.u. 賠償
▼相關單字	取り替える to.ri.ka.e.ru. 退換／換貨
▼相關單字	レシート re.shi.i.to. 收據
▼相關單字	値切り ne.gi.ri. 殺價

▶ 勉強
be.n.kyo.u.
學習、用功

● 情境會話

Ⓐ ね、一緒に遊ばない？
ne./i.ssho.ni.a.so.ba.na.i.
要不要一起來玩？

Ⓑ 今勉強中なの、邪魔しないで。
i.ma/be.n.kyo.u.chu.u.na.no./ja.ma.shi.na.i.de.
我正在念書，別煩我！

● 情境會話

Ⓐ ちゃんと勉強しなさい！
cha.n.to./be.n.kyo.u.shi.na.sa.i.
好好用功念書！

Ⓑ まあまあ、そんなにがみがみ言わなくても。
ma.ma./so.n.na.ni/ga.mi.ga.mi.i.wa.na.ku.te.mo.
唉呀，不用這麼嚴格嘛！

● 情境會話

Ⓐ 明日テストでしょう。勉強しなくていいの？
a.shi.ta.te.su.to.de.sho.u./be.n.kyo.u.shi.na.ku.te./i.i.no.
明天就要考試了，不念書可以嗎？

Ⓑ 大丈夫、自信があるんだ。
da.i.jo.u.bu./ji.shi.n.ga.a.ru.n.da.
沒問題，我有信心。

●實用例句

☞ 子供のころ、もっと勉強しておけばよかった。

ko.do.mo.no.ko.ro./mo.tto./be.n.kyo.u.shi.te.o.ke.ba./
yo.ka.tta.

要是小時候用功點就好了。

☞ まだ勉強中なので、間違っているかもしれませんが、許してくださいね。

ma.da./be.n.kyo.u.chu.u.na.no.de./ma.chi.ga.tte.i.ru./
ka.mo.shi.re.ma.se.n.ga./yu.ru.shi.te./ku.da.sa.i.ne.

我還在學習，也許會有錯誤的地方，請見諒。

☞ テストの前日ぐらいは少し勉強しなさいよ。

te.su.to.no.ze.n.ji.tsu.gu.ra.i.wa./su.ko.shi.be.n.kyo.u.
shi.na.sa.i.yo.

考試前一天，至少念一下書吧。

☞ テレビばっかり見ないで、早く勉強しなよ。

te.re.bi.ba.kka.ri.mi.na.i.de./ha.ya.ku.be.n.kyo.u.shi.
na.yo.

不要一直看電視，快一點去念書。

相關單字	▼ 学習 ga.ku.shu.u. 學習

相關單字	研究 ke.n.kyu.u. 研究

▼相關單字	しゅうぎょう 修業 shu.u.gyo.u. 修習
▼相關單字	よしゅう 予習 yo.shu.u. 預習
▼相關單字	ふくしゅう 復習 fu.ku.shu. 復習
▼相關單字	まな 学ぶ ma.na.bu. 學習
▼相關單字	おそ 教わる o.so.wa.ru. 學習
▼相關單字	どくがく 独学 do.ku.ga.ku. 自學
▼相關單字	けんしゅう 研修 ke.n.shu. 研修

▶ 理由
り ゆ う
ri.yu.u.
理由

●情境會話

Ⓐ 何をしていますか。
なに
na.ni.o./shi.te.i.ma.su.ka.
你在做什麼?

Ⓑ 履歴書を書いているんですが、志望理由が思い
りれきしょ か しぼうりゆう おも
つきません。
ri.re.ki.sho.o./ka.i.te.i.ru.n.de.su.ga./shi.bo.u.ri.yu.u.
ga./o.mo.i.tsu..ki.ma.se.n.
我在寫履歷表,但是想不出申請的理由該怎麼寫。

●實用例句

☞ 別に断る理由は見当たらない。
べつ ことわ りゆう み あ
be.tsu.ni./ko.to.wa.ru.ri.yu.u.wa./mi.a.ta.ra.na.i.
沒有找到什麼可以拒絕的特別理由。

▼相關單字
言い訳
い わけ
i.i.wa.ke.
藉口

▼相關單字
原因
げんいん
ge.n.i.n.
原因

▼相關單字
要因
よういん
yo.u.i.n.
主要原因

• 215 •

▼相關單字	どうき 動機 do.u.ki. **動機**

▼相關單字	こんきょ 根拠 ko.n.kyo. **根據**

▼相關單字	ろんきょ 論拠 ro.n.kyo. **根據**

▼相關單字	わけ wa.ke. **理由**

▼相關單字	こうじつ 口実 ko.u.ji.tsu. **藉口**

▼相關單字	りくつ 理屈 ri.ku.tsu. **道理、理由**

► 応援
おうえん
o.u.e.n.
支持

● 情境會話

Ⓐ ずっと応援するよ。頑張って！
zu.tto./o.u.e.n.su.ru.yo./ga.n.ba.tte.
我支持你，加油！

Ⓑ うん、頑張る。
u.n./ga.n.ba.ru.
嗯，我會加油的。

● 實用例句

☞ 応援を求めます。
o.u.e.n.o./mo.to.me.ma.su.
尋求支持。

☞ 味方のチームを応援します。
mi.ka.ta.no.chi.i.mu.o./o.u.e.n.shi.ma.su.
幫支持的隊伍加油。

☞ 応援してください。
o.u.e.n.shi.te./ku.da.sa.i.
請幫我加油。

▼
相關單字
支持
し じ
shi.ji.
支持

▼ 相關單字

<ruby>声援<rt>せいえん</rt></ruby>
se.i.e.n.
聲援

▼ 相關單字

エール
e.e.ru.
加油的歡呼

▼ 相關單字

<ruby>歓声<rt>かんせい</rt></ruby>
ka.n.se.i.
歡呼

▼ 相關單字

<ruby>支援<rt>しえん</rt></ruby>
shi.e.n.
支援

► おめでとう
o.me.de.to.u.
恭喜

●情境會話

Ⓐ やった！採用をもらったよ！

ya.tta./sa.i.yo.u.o./mo.ra.tta.yo.

太棒了，我被錄取了。

Ⓑ おめでとう！よかったね。

o.me.de.to.u./yo.ka.tta.ne.

恭喜你，真是太好了。

●情境會話

Ⓐ お誕生日おめでとう。

o.ta.n.jo.u.bi./o.me.de.to.u.

生日快樂！

Ⓑ どうもありがとうございます。思いがけなくて嬉しい。

do.u.mo./a.ri.ga.to.u.go.za.i.ma.su./o.mo.i.ga.ke.naku.te./u.re.shi.i.

謝謝你！沒想到會有生日驚喜，真是開心。

●實用例句

☞ 男児ご出産おめでとうございます。

da.n.ji.go.shu.ssa.n./o.me.de.to.u.go.za.i.ma.su.

恭喜你生了男孩。

☞ 明けましておめでとうございます。

a.ke.ma.shi.te./o.me.de.to.u.go.za.i.ma.su.

新年快樂。

☞ ご結婚おめでとう。

go.ke.kko.n./o.me.de.to.u.

恭喜結婚。

☞ ご卒業おめでとう。

go.so.tsu.gyo.u./o.me.de.to.u.

恭喜畢業。

▼相關單字	お慶び o.yo.ro.ko.bi. 祝賀

▼相關單字	祝賀 shu.ku.ga. 祝賀

▼相關單字	慶賀 ke.i.ga. 慶賀

► 交通
こうつう
ko.u.tsu.u.
交通

● 情境會話

Ⓐ どうして会議に遅れたか？
かいぎ おく

do.u.shi.te.ka.gi.ni./o.ku.re.ta.ka.

為什麼開會會遲到？

Ⓑ すみません、交通事故にあってしまいました。

su.mi.ma.se.n./ko.u.tsu.u.ji.ko.ni./a.tte.shi.ma.i.ma.shi.ta.

對不起，我遇到了交通事故。

● 實用例句

☞ 駅への交通は便利です。
えき こうつう べんり

e.ki.e.no./ko.u.tsu.u.wa./be.n.ri.de.su.

到車站的交通很方便~

☞ 地震のためところどころで交通がまひしてい
じしん こうつう
ます。

ji.shi.n.no.ta.me./to.ko.ro.do.ko.ro.de./ko.u.tsu.u.ga./ma.hi.shi.te.i.ma.su.

因為地震，所以很多地方的交通都癱瘓了。

▼
相關單字
自転車
じてんしゃ
ji.te.n.sha.
腳踏車

▼
相關單字
ママチャリ
ma.ma.cha.ri.
主婦騎的腳踏車

▼ 相關單字
バイク
ba.i.ku.
摩托車

▼ 相關單字
原付／スクーター
ge.n.tsu.ki./su.ku.u.ta.a.
輕型機車

▼ 相關單字
自動車
ji.do.u.sha.
汽車

▼ 相關單字
乗用車
jo.u.yo.u.sha.
轎車

▼ 相關單字
軽自動車
ke.i.ji.do.u.sha.
小型轎車（660ｃｃ以下）

▼ 相關單字
オープンカー
o.o.pu.n.ka.a.
敞篷車

▼ 相關單字
救急車
kyu.u.kyu.u.sha.
救護車

▼ 相關單字
消防車
sho.u.bo.u.sha.
消防車

▼ 相關單字	パトカー pa.to.ka.a. **警車／巡邏車**
▼ 相關單字	バス ba.su. **公共汽車**
▼ 相關單字	夜行バス ya.ko.u.ba.su. **夜間巴士**
▼ 相關單字	高速バス ko.u.so.ku.ba.su. **長途客車**
▼ 相關單字	快速バス ka.i.so.ku.ba.su. **快速公車**
▼ 相關單字	路線バス ro.se.n.ba.su. **短程公車**
▼ 相關單字	シャトルバス sha.to.ru.ba.su. **短程接駁交通車**
▼ 相關單字	タクシー ta.ku.shi.i. **計程車**

▼相關單字
ちかてつ
地下鉄
chi.ka.te.tsu.
地下鐵

▼相關單字
でんしゃ
電車
de.n.sha.
電車/火車

▼相關單字
ふね
船
fu.ne.
船

▼相關單字
ジェットボート
je.tto.bo.o.to.
噴射艇

▼相關單字
かもつせん
貨物船
ka.mo.tsu.se.n.
貨輪

▼相關單字
ヨット
yo.tto.
遊艇／帆船

▼相關單字
ひこうき
飛行機
hi.ko.u.ki.
飛機

▼相關單字
ヘリコプター／ヘリ
he.ri.ko.pu.ta.a./he.ri.
直昇機

▼相關單字
ジェット機
je.tto.ki.
噴射機

▼相關單字
新幹線
shi.n.ka.n.se.n.
新幹線（高速鐵路）

▼相關單字
ダイヤ
da.i.ya.
時刻表

▼相關單字
乱れる
mi.da.re.ru.
打亂

▼相關單字
立往生
ta.chi.o.u.jo.u.
故障停在路中

▼相關單字
渋滞
ju.u.ta.i.
塞車

▼相關單字
帰省ラッシュ
ki.se.i.ra.sshu.
返鄉潮

▼相關單字
Uターン
yu.ta.a.n.
回到城市的車潮

▼
相關單字
高速道路（こうそくどうろ）
ko.u.so.ku.do.u.ro.
高速公路

▼
相關單字
高速道路料金（こうそくどうろりょうきん）
ko.o.so.ku.do.u.ro.ryo.u.ki.n.
過路費

▼
相關單字
交通事故（こうつうじこ）
ko.u.tsu.u.ji.ko.
交通事故

▼
相關單字
ひき逃（に）げ
hi.ki.ni.ge.
肇事逃逸

▼
相關單字
はねられる
ha.ne.ra.re.ru.
被撞

▼
相關單字
轢（ひ）かれる
hi.ka.re.ru.
被輾

▼
相關單字
歩行者（ほこうしゃ）
ho.ko.u.sha.
行人

▼
相關單字
通行人（つうこうにん）
tsu.u.ko.u.ni.n.
路人

> ► 旅行
> りょこう
> ryo.ko.u.
> 旅行

● 情境會話

Ⓐ 木村さんは日本へ行ったことがありますか？
ki.mu.ra.sa.n.wa./ni.ho.n.e./i.tta.ko.to.ga./a.ri.ma.su.
ka.
木村先生，你有去過日本嗎？

Ⓑ はい、去年の夏に行きましたけど、何ですか？
ha.i./kyo.ne.n.no.na.tsu.ni./i.ki.ma.shi.ta.ke.do./na.n.
de.su.ka.
有啊，我去年夏天有去過那裡。為什麼這麼問？

Ⓐ 実は、来月に日本へ行くことになったんです。
ji.tsu.wa./ra.i.ge.tsu.ni./ni.ho.n.e./i.ku.ko.to.ni./na.tta.n.
de.su.
我今年秋天要去日本。

Ⓑ 旅行ですか？
ryo.ko.u.de.su.ka.
去旅行嗎？

Ⓐ いいえ、会社の日本支社へ転勤することにな
りました。
i.i.e./ka.i.sha.no.ni.ho.n.shi.sha.e./te.n.ki.n.su.ru.ko.to.
ni./na.ni.ma.shi.ta.
不，我調職到公司的日本分社去。

●實用例句

☞ 今日お招きいただきましてありがとうございます。旅行がてら日本にこられてよかったです。

kyo.u./o.ma.ne.ki./i.ta.da.ki.ma.shi.te./a.ri.ga.to.u.go.za.i.ma.su./ryo.ko.u.ga.ta.ra./ni.ho.n.ni.ko.ra.re.te./yo.ka.tta.de.su.

謝謝你今天邀請我。能趁旅行來到日本真是太好了。

☞ 今度の試験が済んだら、気が合う者同士で卒業旅行をしない？

ko.n.do.no.shi.ke.n.ga./su.n.da.ra./ki.ga.a.u.mo.no.do.u.shi.de./so.tsu.gyo.u.ryo.ko.u.o.shi.na.i.

這次的考試結束後，我們幾個氣味相投的朋友一起去畢業旅行如何？

▼相關單字	旅 た.び ta.bi. 旅行

▼相關單字	観光 か.ん.こ.う ka.n.ko.u. 觀光

▼相關單字	旅行代理店 り.ょ.こ.う.だ.い.り.て.ん ryo.ko.u.da.i.ri.te.n. 旅行社

▼相關單字	コース ko.o.su. 行程

▼相關單字
こうくうけん
航空券
ko.u.ku.u.ke.n.
機票

▼相關單字
しゅくはく
宿泊
shu.ku.ha.ku.
住宿

▼相關單字
やど
宿
ya.do.
旅館

▼相關單字
ホテル
ho.te.ru.
飯店

▼相關單字
みんしゅく
民宿
mi.n.shu.ku.
民宿

▼相關單字
りょかん
旅館
ryo.ka.n.
旅館

▼相關單字
ビジネスホテル
bi.ji.ne.su.ho.te.ru.
商務飯店

▼相關單字
よやく
予約
yo.ya.ku.
預約

▼相關單字
キャンセル
kya.n.se.ru.
取消

▼相關單字
チェックイン
che.kku.i.n.
辦理住宿

▼相關單字
チェックアウト
che.kku.a.u.to.
退房

▼相關單字
名前
な まえ
na.ma.e.
姓名

▼相關單字
住所
じゅうしょ
ju.u.sho.
地址

▼相關單字
パスポート
pa.su.po.o.to.
護照

▼相關單字
朝食券
ちょうしょくけん
cho.u.sho.ku.ke.n.
早餐券

▼相關單字
領収書
りょうしゅうしょ
ryo.u.shu.u.sho.
收據

▶ 都道府県
と　ど　う　ふ　け　ん
to.do.u.fu.ke.n.
都道府縣

●情境會話

Ⓐ 日本全国の都道府県名、言えますか。
に　ほ　ん　ぜんこく　　と　ど　う　ふ　けんめい　　い

ni.ho.n.ze.n.ko.ku.no./to.do.u.fu.ke.n.me.i./i.e.ma.su.ka.

你能說出日本全國的縣市名稱嗎？

Ⓑ もちろん言えます。社会科の授業で47都道府県
い　　　　　しゃかいか　　じゅぎょう　　　　と　ど　う　ふ　けん
が何処にあるかなど覚えたりもしました。
　どこ　　　　　　　　おぼ

mo.chi.ro.n.i.e.ma.su./sha.ka.i.ka.no./ju.gyo.u.de./yo.ju.u.na.na.to.do.u.fu.ke.nn.ga./do.ko.ni.a.ru.ka.na.do./o.bo.e.ta.ri.ma.shi.ma.shi.ta.

當然囉。在社會科的課程中也背過47個縣市在哪裡。

●實用例句

☞ 日本は47の都道府県があります。
にほん　　　　　　と　ど　う　ふ　けん

ni.ho.n.wa./yo.n.ju.u.na.na.no./to.do.u.fu.ke.n.ga./a.ri.ma.su.

日本有47個縣市

▼
相關單字
市町村
しちょうそん
shi.sho.u.so.n.
市町村

▼
相關單字
北海道地方
ほっかいどうちほう
ho.kka.i.do.u.chi.ho.u.
北海道地區

▼相關單字
ほっかいどう
北海道
ho.kka.i.do.u.
北海道

▼相關單字
とうほくちほう
東北地方
to.u.ho.ku.chi.ho.u.
東北地區

▼相關單字
あおもりけん
青森県
a.o.mo.ri.ke.n.
青森縣

▼相關單字
いわてけん
岩手県
i.wa.te.ke.n.
岩手縣

▼相關單字
みやぎけん
宮城県
mi.ya.gi.ke.n.
宮城縣

▼相關單字
あきたけん
秋田県
a.ki.da.ke.n.
秋田縣

▼相關單字
やまがたけん
山形県
ya.ma.ga.ta.ke.n.
山形縣

▼相關單字
ふくしまけん
福島県
fu.ku.shi.ma.ke.n.
福島縣

▼相關單字
かんとうちほう
関東地方
ka.n.to.u.chi.ho.u.
關東地區

▼相關單字
いばらきけん
茨城県
i.ba.ra.ki.ke.n.
茨城縣

▼相關單字
とちぎけん
栃木県
to.chi.gi.ke.n.
栃木縣

▼相關單字
ぐんまけん
群馬県
gu.n.ma.ke.n.
群馬縣

▼相關單字
さいたまけん
埼玉県
sa.i.ta.ma.ke.n.
埼玉縣

▼相關單字
ちばけん
千葉県
chi.ba.ke.n.
千葉縣

▼相關單字
とうきょうと
東京都
to.u.kyo.u.to.
東京都

▼相關單字
かながわけん
神奈川県
ka.na.ga.wa.ke.n.
神奈川縣

▼相關單字
ちゅうぶちほう
中部地方
chu.u.bu.chi.ho.u.
中部地區

▼相關單字
にいがたけん
新潟県
ni.i.ga.ta.ke.n.
新潟縣

▼相關單字
とやまけん
富山県
to.ya.ma.ke.n.
富山縣

▼相關單字
いしかわけん
石川県
i.shi.ka.wa.ke.n.
石川縣

▼相關單字
ふくいけん
福井県
fu.ku.i.ke.n.
福井縣

▼相關單字
やまなしけん
山梨県
ya.ma.na.shi.ke.n.
山梨縣

▼相關單字
ながのけん
長野県
na.ga.no.ke.n.
長野縣

▼相關單字
ぎふけん
岐阜県
gi.fu.ke.n.
岐阜縣

▼ 相關單字	しずおかけん 静岡県 shi.zu.o.ke.ke.n. **靜岡縣**

▼ 相關單字	あいちけん 愛知県 a.i.chi.ke.n. **愛知縣**

▼ 相關單字	きんきちほう 近畿地方 ki.n.ki.chi.ho.u. **近畿地區**

▼ 相關單字	みえけん 三重県 mi.e.ke.n. **三重縣**

▼ 相關單字	しがけん 滋賀県 shi.ga.ke.n. **滋賀縣**

▼ 相關單字	きょうとふ 京都府 kyo.u.to.fu. **京都府**

▼ 相關單字	おおさかふ 大阪府 o.o.sa.ka.fu. **大阪府**

▼ 相關單字	ひょうごけん 兵庫県 hyo.u.go.ke.n. **兵庫縣**

▼ 相關單字
ならけん
奈良県
na.ra.ke.n.
奈良縣

▼ 相關單字
わかやまけん
和歌山県
wa.ka.ya.ma.ke.n.
和歌山縣

▼ 相關單字
ちゅうごくちほう
中国地方
chu.u.go.ku.chi.ho.u.
中國地區

▼ 相關單字
とっとりけん
鳥取県
to.tto.ri.ke.n.
鳥取縣

▼ 相關單字
しまねけん
島根県
shi.ma.ne.ke.n.
島根縣

▼ 相關單字
おかやまけん
岡山県
o.ka.ya.ma.ke.n.
岡山縣

▼ 相關單字
ひろしまけん
広島県
hi.ro.shi.ma.ke.n.
廣島縣

▼ 相關單字
やまぐちけん
山口県
ya.ma.gu.chi.ke.n.
山口縣

▼相關單字

しこくちほう
四国地方
shi.ko.ku.chi.ho.u.
四國地區

▼相關單字

とくしまけん
徳島県
to.ku.sh.ma.ke.n.
德島縣

▼相關單字

かがわけん
香川県
ka.ga.wa.ke.n.
香川縣

▼相關單字

えひめけん
愛媛県
e.hi.me.ke.n.
愛媛縣

▼相關單字

こうちけん
高知県
ko.u.chi.ke.n.
高知縣

▼相關單字

きゅうしゅうちほう
九州地方
kyu.u.shu.u.chi.ho.u.
九州地區

▼相關單字

ふくおかけん
福岡県
fu.ku.o.ka.ke.n.
福岡縣

▼相關單字

さがけん
佐賀県
sa.ga.ke.n.
佐賀縣

▼相關單字
ながさきけん
長崎県
na.ga.sa.ki.ke.n.
長崎縣

▼相關單字
くまもとけん
熊本県
ku.ma.mo.to.ke.n.
熊本縣

▼相關單字
おおいたけん
大分県
oo.i.ta.ke.n.
大分縣

▼相關單字
みやざきけん
宮崎県
mi.ya.za.ki.ke.n.
宮崎縣

▼相關單字
かごしまけん
鹿児島県
ka.go.shi.ma.ke.n.
鹿兒島縣

▼相關單字
おきなわちほう
沖縄地方
o.ki.na.wa.chi.ho.u.
沖繩地區

▼相關單字
おきなわけん
沖縄県
o.ki.na.wa.ke.n.
沖繩縣

▶ 外国
がいこく
ga.i.ko.ku.
海外、國外

●情境會話

Ⓐ 外国へ行きたい人はどんなことをしなければ
　なりませんか。

ga.i.ko.ku.e./i.ki.ta.i.hi.to.wa./do.n.na.ko.to.o./shi.na.
ke.re.ba.na.ri.ma.se.n.ka.

要到國外的人一定要做哪些事呢？

Ⓑ 外国へ行きたい人はビザをとらなければなり
　ません。

ga.i.ko.ku.e./i.ki.ta.i.hi.to.wa./bi.za.o./to.ra.na.ke.re.
ba./na.ri.ma.se.n.

要到國外的人一定要辦簽證。

●實用例句

☞ 先週の外国人パーティー、どうだった。

se.n.shu.u.no./ga.i.ko.ku.ji.n./pa.a.ti.i./do.u.da.tta.

上星期的外國人派對如何呢？

▼
相關單字
アフガニスタン、カブール
a.fu.ga.ni.su.ta.n./ka.bu.u.ru.
阿富汗、喀布爾

▼
相關單字
アメリカ合衆国、ワシントンdc
a.me.ri.ka.ka.sshu.u.ko.ku./wa.shi.n.to.n.d.c.
美國、華盛頓

▼相關單字
アルゼンチン、ブエノスアイレス
a.ru.ze.n.ch/.n./bu.e.no.su.a.i.re.su.
阿根廷、布宜諾斯艾利斯

▼相關單字
オーストラリア、キャンベラ
o.o.su.to.ra.ri.a./kya.n.be.ra.
澳大利亞、坎培拉

▼相關單字
オーストリア、ウィーン
o.o.su.to.ri.a./ui.i.n.
奧地利、維也納

▼相關單字
ベルギー、ブリュッセル
be.ru.gi.i./bu.ryu.sse.ru.
比利時、布魯塞爾

▼相關單字
ブータン、ティンプー
bu.u.ta.n./ti.n.pu.u.
不丹、辛布

▼相關單字
ブラジル、ブラジリア
bu.ra.ji.ru./bu.ra.ji.ri.a.
巴西、巴西利亞

▼相關單字
ブルネイ、バンダルスリブガワン
bu.ru.nei./ba.n.da.ru.su.ri.bu.ga.wa.n.
汶萊、斯里貝加萬市

▼相關單字
ブルガリア、ソフィア
bu.ru.ga.ri.a./so.fi.a.
保加利亞、索菲亞

▼相關單字
カンボジア、プノンペン
ka.n.bo.ji.a./pu.no.n.pe.n.
柬埔寨、金邊

▼相關單字
カナダ、オタワ
ka.na.da./o.ta.wa.
加拿大、渥太華

▼相關單字
中国、北京
chu.u.go.ku./pe.ki.n.
中華人民共和國、北京

▼相關單字
コロンビア、ボゴタ
ko.ro.n.bi.a./bo.go.ta.
哥倫比亞、波哥大

▼相關單字
クロアチア、ザグレブ
ku.ro.a.chi.a./za.gu.re.bu.
克羅埃西亞、札格拉布

▼相關單字
キューバ、ハバナ
kyu.u.ba./ha.ba.na.
古巴、哈瓦那

▼相關單字
チェコ共和国、プラハ
che.ko.kyo.u.wa.ko.ku./pu.ra.ha.
捷克、布拉格

▼相關單字
デンマーク、コペンハーゲン
de.n.ma.a.ku./ko.pe.n.ha.a.ge.n.
丹麥、哥本哈根

相關單字
ドミニカ共和国、サントドミンゴ
do.mi.ni.ka.kyo.u.wa.ko.ku./sa.n.to.do.mi.n.go.
多明尼加、聖多明哥

相關單字
エジプト、カイロ
e.ji.pu.to./ka.i.ro.
埃及、開羅

相關單字
フィンランド、ヘルシンキ
fi.n.ra.n.do./he.ru.shi.n.ki.
芬蘭、赫爾辛基

相關單字
フランス、パリ
fu.ra.n.su./pa.ri.
法國、巴黎

相關單字
ドイツ、ベルリン
do.i.tsu./be.ru.ri.n.
德國、柏林

相關單字
ギリシャ、アテネ
gi.ri.sha./a.te.ne.
希臘、雅典

相關單字
バチカン市国、バチカン
ba.ch.ka.n.shi.ko.ku./ba.ch.ka.n.
梵蒂岡、梵蒂岡城

相關單字
ハンガリー、ブダペスト
ha.n.ga.ri.i./bu.da.pe.su.to.
匈牙利、布達佩斯

▼相關單字
インド、ニューデリー
i.n.do./nyu.u.de.ri.i.
印度、新德里

▼相關單字
インドネシア、ジャカルタ
i.n.do.ne.sh.a./ja.ka.ru.ta.
印尼、雅加達

▼相關單字
イラン、テヘラン
i.ra.n./te.he.ra.n.
伊朗、德黑蘭

▼相關單字
イラク、バグダッド
i.ra.ku./ba.gu.da.ddo.
伊拉克、巴格達

▼相關單字
アイルランド、ダブリン
a.i.ru.ra.n.do./da.bu.ri.n.
愛爾蘭、都柏林

▼相關單字
イスラエル、エルサレム
i.su.ra.e.ru./e.ru.sa.re.mu.
以色列、耶路撒冷

▼相關單字
イタリア、ローマ
i.ta.ri.a./ro.o.ma.
義大利、羅馬

▼相關單字
ジャマイカ、キングストン
ja.ma.i.ka./ki.n.gu.su.to.n.
牙買加、京斯敦

▼ 相關單字
にほん、とうきょう
日本、東京
ni.ho.n./to.u.kyo.u.
日本、東京

▼ 相關單字
きたちょうせん、ぴょんやん
北朝鮮、平壌
ki.ta.cho.u.se.n./pyo.n.ya.n.
北韓、平壤

▼ 相關單字
かんこく
韓国、ソウル
ka.n.ko.ku./so.u.ru.
韓國、首爾

▼ 相關單字
ラオス、ビエンチャン
ra.o.su./bi.e.n.cha.n.
寮國、永珍

▼ 相關單字
ルクセンブルク、ルクセンブルク市
ru.ku.se.n.bu.ru.ku./ru.ku.se.n.bu.ru.ku.shi.
盧森堡、盧森堡城

▼ 相關單字
マレーシア、クアラルンプール
ma.re.e.shi.a./ku.a.ra.ru.n.pu.u.ru.
馬來西亞、吉隆坡

▼ 相關單字
モルディブ、マレ
mo.ru.di.bu.me.re.
馬爾地夫、馬列

▼ 相關單字
メキシコ、メキシコシティ
me.ki.shi.ko./me.ki.shi.ko.shi.ti.
墨西哥、墨西哥城

▼相關單字
モナコ、モナコ
mo.na.ko./mo.na.ko.
摩納哥、摩納哥城

▼相關單字
モンゴル、ウランバートル
mo.n.go.ru./u.ra.n.ba.a.to.ru.
蒙古、烏蘭巴托

▼相關單字
モロッコ、ラバト
mo.ro.kko./ra.ba.to.
摩洛哥、拉巴特

▼相關單字
ミャンマー、ネーピードー
mya.n.ma.a./ne.e.pi.i.do.o.
緬甸、賓馬拿

▼相關單字
ネパール、カトマンズ
ne.pa.a.ru./ka.to.ma.n.zu.
％尼泊爾、加德滿都

▼相關單字
オランダ、アムステルダム
o.ra.n.da./a.mu.su.te.ru.da.mu.
荷蘭、阿姆斯特丹

▼相關單字
ニュージーランド、ウェリントン
nyu.u.ji.i.ra.n.do./we.ri.n.to.n.
紐西蘭、威靈頓

▼相關單字
ノルウェー、オスロ
no.ru.we.e./o.su.ro.
挪威、奧斯陸

▼ 相關單字
パキスタン、イスラマバード
ba.ki.su.ta.n./i.su.ra.ma.ba.a.do.
巴基斯坦、伊斯蘭瑪巴德

▼ 相關單字
パラオ、コロール
ba.ra.o./ko.ro.o.ru.
帛琉、科羅爾

▼ 相關單字
パレスチナ、エルサレム
ba.re.su.ch.na./e.ru.sa.re.mu.
巴勒斯坦、耶路撒冷

▼ 相關單字
パナマ、パナマシティ
pa.na.ma./pa.na.ma.shi.ti.
巴拿馬、巴拿馬城

▼ 相關單字
ペルー、リマ
pe.ru.u./ri.ma.
秘魯、利馬

▼ 相關單字
フィリピン、マニラ
fi.ri.pi.n./ma.ni.ra.
菲律賓、馬尼拉

▼ 相關單字
ポーランド、ワルシャワ
po.o.ra.n.do./wa.ru.sha.wa.
波蘭、華沙

▼ 相關單字
ポルトガル、リスボン
po.ru.to.ga.ru./ri.su.bo.n.
葡萄牙、里斯本

▼相關單字
ロシア、モスクワ
ro.shi.a./mo.su.ku.wa.
俄羅斯、莫斯科

▼相關單字
サウジアラビア、リヤド
sa.u.ji.a.ra.bi.a./ri.ya.do.
沙烏地阿拉伯、利雅德

▼相關單字
シンガポール、シンガポール市
shi.n.ga.po.o.ru./shi.n.ga.po.o.ru.shi.
新加坡、新加坡

▼相關單字
南アフリカ共和国、プレトリア
mi.na.mi.a.fu.ri.ka.kyo.u.wa.ko.ku./pu.re.to.ri.a.
南非、普利托里亞(行政首都)

▼相關單字
スペイン、マドリッド
su.pe.i.n./ma.do.ri.ddo.
西班牙、馬德里

▼相關單字
スウェーデン、ストックホルム
su.we.e.de.n./su.to.kku.ho.ru.mu.
瑞典、斯德哥爾摩

▼相關單字
スイス、ベルン
su.i.su./be.ru.n.
瑞士、伯恩

▼相關單字
台湾、台北
ta.i.wa.n./ta.i.pe.i.
臺灣、台北

▼相關單字
タイ、バンコク
ta.i./ba.n.ko.ku.
泰國、曼谷

▼相關單字
トルコ、アンカラ
to.ru.ko./a.n.ka.ra.
土耳其、安卡拉

▼相關單字
ウクライナ、キエフ
u.ku.ra.i.na./ki.e.fu.
烏克蘭、基輔

▼相關單字
アラブ首長国連邦、アブダビ
a.ra.bu.shu.cho.u.ko.ku.re.n.bo.u./a.bu.da.bi.
阿拉伯聯合大公國、阿布達比

▼相關單字
イギリス、ロンドン
i.gi.ri.su./ro.n.do.n.
英國、倫敦

▼相關單字
ベネズエラ、カラカス
be.ne.zu.e.ra./ka.ra.ka.su.
委內瑞拉、卡拉卡斯

▼相關單字
ベトナム、ハノイ
be.to.na.mu./ha.no.i.
越南、河內

▶ 学校
がっこう
ga.kko.u.
學校

● 情境會話

Ⓐ 今日はいい天気ね。
きょう　　　　　てんき
kyo.u.wa./i.i.te.n.ki.ne.
今天真是好天氣。

Ⓑ そうだね。学校を休んで遊びたいなあ。
がっこう　やす　　あそ
so.u.da.ne./ga.kko.u.o./ya.su.n.de./a.so.bi.ta.i.na.a.
就是說啊，好想請假出去玩。

● 實用例句

☞ あの子は成績が悪いので学校を辞めさせられた。
こ　せいせき　わる　　　　　がっこう　や
a.no.ko.wa./se.i.se.ki.ga./wa.ru.i.no.de./ga.kko.u.o./ya.
me.sa.se.ra.re.ta.
那個孩子因為成績太差，所以被迫休學了。

☞ 気分が悪くて学校を休みました。
きぶん　わる　　　　がっこう　やす
ki.bu.n.ga./wa.ru.ku.te./ga.kko.u.o./ya.su.mi.ma.shi.ta.
因為身體不舒服所以向學校請假。

相關單字	講義 こうぎ ko.u.gi. 課/課程

相關單字	授業 じゅぎょう ju.gyo.u. 課、上課

▼相關單字
もうしこみしょ
申込書
mo.u.shi.o.mi.sho.
申請表

▼相關單字
しゅつがんにん
出願人
shu.tsu.ga.n.ni.n.
申請者

▼相關單字
すいせんじょう
推薦状
su.i.se.n.jo.u.
推薦信

▼相關單字
にゅうがくてつづ
入学手続き
nyu.u.ga.ku.te.tsu.zu.ki.
登記、註冊

▼相關單字
にゅうがくきょか
入学許可
nyu.u.ga.ku.kyo.ka.
入學許可

▼相關單字
ごうかく
合格
go.u.ka.ku.
考上

相關單字
オリエンテーション
o.ri.e.n.te.e.sho.n.
新生訓練

▼相關單字
じかんわり
時間割
ji.ka.n.wa.ri.
課表

▼相關單字
学年
ga.ku.ne.n.
年級別

▼相關單字
学期
ga.kki.
學期

▼相關單字
夏休み
na.tsu.ya.su.mi.
暑假

▼相關單字
冬休み
fu.yu.ya.su.mi.
寒假

▼相關單字
サークル
sa.a.ku.ru.
社團

▼相關單字
課程
ka.te.i.
課程安排

▼相關單字
シラバス
shi.ra.ba.su.
課程大綱

▼相關單字
講義要綱
ko.u.gi.yo.u.ko.u.
課程大綱

▼ 相關單字
しぎょうしき
始業式
shi.gyo.u.shi.ki.
開學典禮

▼ 相關單字
しゅうぎょうしき
終業式
shu.u.gyo.u.shi.ki.
結業式

▼ 相關單字
にゅうがくしき
入学式
nyu.u.ga.ku.shi.ki.
入學典禮

▼ 相關單字
たんい
単位
ta.n.i.
學分

▼ 相關單字
ひっしゅうかもく
必修科目
hi.sshu.u.ka.mo.ku.
必修

▼ 相關單字
せんたくかもく
選択科目
se.n.ta.ku.ka.mo.ku.
選修

▼ 相關單字
メジャー
me.ja.a.
主修

▼ 相關單字
せんこうかもく
専攻科目
se.n.ko.u.ka.mo.ku.
主修

▼相關單字
マイナー
ma.i.na.a.
輔修

▼相關單字
ダブルメジャー
da.bu.ru.me.ja.a.
雙修

▼相關單字
共同学位
きょうどうがくい
kyo.u.do.u.ga.ku.i.
雙修學位

▼相關單字
履修変更
りしゅうへんこう
ri.shu.u.he.n.ko.u.
退選

▼相關單字
保育園
ほいくえん
ho.i.ku.e.n.
學前班（類似托兒所）

▼相關單字
幼稚園
ようちえん
yo.u.chi.e.n.
幼稚園

▼相關單字
小学校
しょうがっこう
sho.u.ga.kko.u.
國小

▼相關單字
中学
ちゅうがく
chu.u.ga.ku.
中學/國中

▼ 相關單字
こうこう
高校
ko.u.ko.u.
高中

▼ 相關單字
たんきだいがく
短期大学
ta.n.ki.da.i.ga.ku.
短期大學

▼ 相關單字
たんだい
短大
ta.n.da.i.
短期大學

▼ 相關單字
だいがく
大学
da.i.ga.ku.
大學

▼ 相關單字
がくいん
学院
ga.ku.i.n.
學院

▼ 相關單字
せんもんがっこう
専門学校
se.n.mo.n.ga.kko.u.
專業學校

▼ 相關單字
がくぶがくせい
学部学生
ga.ku.bu.ga.ku.se.i.
大學部學生

▼ 相關單字
だいがくいん
大学院
da.i.ga.ku.i.n.
研究所

► 会社
ka.i.sha.
公司

● 情境會話

Ⓐ 昨日はどうして会社を休んだのか？

ki.no.u.wa./do.u.shi.te./ka.i.sha.o./ya.su.n.da.no.ka.

昨天為什麼沒有來上班呢？

Ⓑ すみません。急に用事ができて実家に帰ったんです。

su.mi.ma.se.n./kyu.u.ni./yo.u.ji.ga.de.ki.te./ji.kka.ni./ka.e.tta.n.de.su.

對不起，因為突然有點急事所以我回老家去了。

● 實用例句

☞ 不況で会社が危ない。

fu.kyo.u.de./ka.i.sha.ga./a.bu.na.i.

不景氣的關係，公司的狀況有點危險。

相關單字	企業 ki.gyo.u. 企業

相關單字	商社 ho.u.sha. 公司

相關單字	大企業 da.i.ki.gyo.u. 大企業

▼ 相關單字
しょうかい
商会
sho.u.ka.i.
公司

▼ 相關單字
ざいばつ
財閥
za.i.ba.tsu.
大財團

▼ 相關單字
ほうじん
法人
ho.u.ji.n.
法人

▼ 相關單字
グループ
gu.ru.u.pu.
團體/事業體

▼ 相關單字
かいしゃ
会社
ka.i.sha.
公司

▼ 相關單字
かぶしきがいしゃ
株式会社
ka.bu.shi.ki.ga.i.sha.
股份有限公司

▼ 相關單字
きぎょうれんごう
企業連合
ki.gyo.u.re.n.go.u.
聯合企業組織

▼ 相關單字
たんとうぎょうむ
担当業務
ta.n.to.u.gyo.u.mu.
負責的工作

▼
相關單字

しょくむないよう
職務内容

sho.ku.mu.na.i.yo.u.

工作內容

▼
相關單字

にんめい
任命

ni.n.me.i.

任命

▼
相關單字

かんりしょく
管理職

ka.n.ri.sho.ku.

管理職

▼
相關單字

いどう
異動

i.do.u.

調動

▼
相關單字

たんとうちいき
担当地域

ta.n.to.u.chi.i.ki.

負責地區

▼
相關單字

かいがいけんしゅう
海外研修

ka.i.ga.i.ke.n.shu.u.

國外研習

▼
相關單字

はいぞくぶしょ
配属部署

ha.i.zo.ku.bu.sho.

領導的部下

▼
相關單字

やくしょく
役職

ya.ku.sho.ku.

公司中具決策能力的職位

▼相關單字
いっぱんしょく
一般職
i.ppa.n.sho.ku.
一般職員(處理一般事務,較無昇遷機會)

▼相關單字
そうごうしょく
総合職
so.u.go.u.sho.ku.
將來較有昇遷機會的職位

▼相關單字
かいちょう
会長
ka.i.cho.u.
會長、董事長

▼相關單字
かかりちょう
係長
ka.ka.ri.cho.u.
科長

▼相關單字
かちょう
課長
ka.cho.u.
課長

▼相關單字
かんさやく
監査役
ka.n.sa.ya.ku.
稽核

▼相關單字
かんしょく
閑職
ka.n.sho.ku.
不受重視的閒差

▼相關單字
かんりしょく
管理職
ka.n.ri.sho.ku.
管理職

▼
相關單字

こうじょうちょう
工場長
ko.u.jo.u.cho.u.
廠長

▼
相關單字

しはいにん
支配人
shi.ha.i.ni.n.
店長

▼
相關單字

しゃちょう
社長
sha.cho.u.
社長、公司老闆

▼
相關單字

だいひょうとりしまりやく
代表取締役
da.i.hyo.u.to.ri.shi.ma.ri.ya.ku.
董事長

▼
相關單字

ちゅうかんかんりしょく
中間管理職
chu.u.ka.n.ka.n.ri.sho.ku.
中堅職務

▼
相關單字

ひしょ
秘書
hi.sho.
祕書

▼
相關單字

ぶちょう
部長
bu.sho.u.
部長

▼
相關單字

マネージャー
ma.ne.e.ja.a.
經紀人

▼相關單字
かいけいし
会計士
ka.i.ke.i.shi.
會計

▼相關單字
エンジニア
e.n.ji.ni.a.
工程師

▼相關單字
アシスタント
a.shi.su.ta.n.to.
助理

▼相關單字
じむいん
事務員
ji.mu.i.n.
事務員

▼相關單字
さぎょういん
作業員
sa.gyo.u.i.n.
作業員

▼相關單字
スタッフ
su.ta.ffu.
工作人員

▼相關單字
しょくいん
職員
sho.ku.i.n.
職員

▼相關單字
ようむいん
用務員
yo.u.mu.i.n.
工友

▼相關單字
けいやくしゃいん
契約社員
ke.i.ya.ku.sha.i.n.
約聘人員

▼相關單字
ボランティア
bo.ra.n.ti.a.
志工

▼相關單字
はけんしゃいん
派遣社員
ha.ke.n.sha.i.n.
派遣員工

▼相關單字
本社
ho.n.sha.
總公司

▼相關單字
ほんぶ
本部
ho.n.bu.
總公司

▼相關單字
ほんてん
本店
ho.n.te.n.
總店

▼相關單字
してん
支店
shi.te.n.
分公司

▼相關單字
ししゃ
支社
shi.sha.
分公司

▼相關單字
しきょく
支局
shi.kyo.ku.
分公司

▼相關單字
ぶもん
部門
bu.mo.n.
部門

▼相關單字
かんりぶ
管理部
ka.n.ri.bu.
行政部

▼相關單字
ざいむぶ
財務部
za.i.mu.bu.
財務部

▼相關單字
きかくこうほうしつ
企画広報室
ki.ka.ku.ko.u.ho.u.ji.tsu.
公關部

▼相關單字
ざいむぶ
財務部
za.i.mu.bu.
財務部

▼相關單字
そうむぶ
総務部
so.u.mu.bu.
總務部／事務部

▼相關單字
じんじぶ
人事部
ni.n.ji.bu.
人事部

▼相關單字
こうばいぶ
購買部
ko.u.ba.i.bu.
採購部

▼相關單字
えいぎょうぶ
営業部
ei.igyo.u.bu.
營業部

▼相關單字
せいぞうぶ
製造部
se.i.zo.u.bu.
製造部

▼相關單字
マーケティング部
ma.a.ke.ti.n.gu.bu.
行銷部

▼相關單字
きかくぶ
企画部
ki.ka.ku.bu.
企劃部

▶ 友達
とも だち
to.mo.da.chi.
朋友

● 情境會話

Ⓐ 昨日、友達が集まってくれて、本当に胸がいっ
きのう ともだち あつ ほんとう むね
ぱいになったんです。

ki.no.u./to.mo.da.chi.ga./a.tsu.ma.tte.ku.re.te./ho.n.to.
u.no./mu.ne.ga.i.ppa.i.ni.na.tta.n.de.su.

昨天朋友們為了聚在一起，真是感動！

Ⓑ よほど仲良しだったんですね。
なか よ
yo.ho.do.na.ka.yo.shi.da.tta.n.de.su.ne.

你們感情真好啊！

● 實用例句

☞ 十数年ぶりに友達と会った。
じゅうすうねん ともだち あ
ju.u.su.u.ne.n.bu.ri.ni./to.mo.da.ch.to./a.tta.

隔了十幾年和朋友見了面。

▼相關單字	フレンド fu.re.n.do. 朋友
▼相關單字	味方 みかた mi.ka.ta. 同伴
▼相關單字	仲間 なかま na.ka.ma. 同伴

▼ 相關單字
おさな
幼なじみ
o.sa.na.na.ji.mi.
青梅竹馬、從小一起長大

▼ 相關單字
ゆうじん
友人
yu.u.ji.n.
朋友

▼ 相關單字
なかよ
仲良し
na.ka.yo.shi.
好朋友

▼ 相關單字
こいびとどうし
恋人同士
ko.i.bi.to.do.u.shi.
戀人

▼ 相關單字
ゆうじょう
友情
yu.u.jo.u.
友情

▼ 相關單字
かのじょ
彼女
ka.no.jo.
女朋友

▼ 相關單字
かれし
彼氏
ka.re.shi.
男朋友

▶ニュース
nyu.u.su.
新聞

●情境會話

Ⓐ ねえねえ、昨日ニュース見た？

ne.e.ne.e./ki.no.u./nyu.u.su.mi.ta.

欸欸，昨天的新聞你看了嗎？

Ⓑ 見たけどなんで？

mi.ta.ke.do./na.n.de.

我看了？怎麼了？

●實用例句

☞ 今朝のニュースによると、雨は夜更過ぎに雪へと変わるだろうとの予報。

ke.sa.no./nyu.u.su.ni.yo.ru.to./a.me.wa./yo.ru.sa.ra.su.gi.ni./yu.ki.e.to./ka.wa.ru.da.ro.u.to.no.yo.ho.u.

根據今早的新聞，過了晚上後雨勢就會變成下雪。

▼相關單字

生放送
na.ma.ho.u.so.u.
現場直播

▼相關單字

中継
chu.u.ke.i.
實況轉播

▼
相關單字

けいさい
掲載する
ke.i.sa.i.su.ru.
刊登

▼
相關單字

しんぶん
新聞
shi.n.bu.n.
日報

▼
相關單字

しゅうかんざっし
週刊雑誌
shu.u.ka.n.za.sshi.
週報

▼
相關單字

げっかんし
月刊誌
ge.kka.n.shi.
月刊

▼
相關單字

しんぶん
新聞
shi.n.bu.n.
報紙

▼
相關單字

ゆうかん
夕刊
yu.u.ka.n.
晚報

▼
相關單字

ちょうかん
朝刊
cho.u.ka.n.
晨報

▼
相關單字

ダイジェスト
da.i.je.su.to.
文摘、摘要

▼
相關單字

雑誌
za.sshi.
雑誌

▼
相關單字

スポーツ新聞
su.po.o.tsu.shi.n.bu.n.
以報導藝能體育話題為主

▼
相關單字

マスコミ
ma.su.ko.mi.
媒體

▼
相關單字

メディア
me.di.a.
媒體

▼
相關單字

政治
se.i.ji.
政治

▼
相關單字

社会
sha.ka.i.
社會

▼
相關單字

国際
ko.ku.sa.i.
國際

▼
相關單字

地域
chi.i.ki.
地方新聞

▼相關單字
科学
ka.ga.ku.
科學

▼相關單字
社説
sha.se.tsu.
說論

▼相關單字
コラム
ko.ra.mu.
專欄

▼相關單字
特集
to.ku.shu.u.
特集

▼相關單字
天気
te.n.ki.
氣象

▼相關單字
経済
ke.i.za.i.
經濟

▼相關單字
スポーツ
su.po.o.tsu.
體育

▼相關單字
エンタメ
e.n.ta.me.
娛樂

▼相關單字
テレビ
te.re.bi.
電視

▼相關單字
ラジオ
ra.ji.o.
廣播

▼相關單字
トップニュース
to.ppu.nyu.u.su.
頭條新聞

▼相關單字
一面
いちめん
i.chi.me.n.
頭版

▼相關單字
見出し
み だ
mi.da.sh.
標題

▼相關單字
ハイライト
ha.i.ra.i.to.
要聞

▼相關單字
新聞名
しんぶんめい
shi.n.bu.n.me.i.
報紙名

▼相關單字
アナウンサー
a.na.u.n.sa.a.
主播、播報員

▶ 寫眞
しゃしん
sha.shi.n.
照片

● 情境會話

Ⓐ すみません。写真を撮ってくれませんか？
しゃしん と
su.mi.ma.se.n./sha.shi.n.o.to.tte.ku.re.ma.se.n.ka.
不好意思，可以幫我拍照嗎？

Ⓑ はい、いいですよ。
ha.i./i.i.de.su.yo.
好的，沒問題。

● 實用例句

☞ 普段は見られない変わった形の雲の写真。
ふだん み か かたち くも しゃしん
fu.da.n.wa./mi.ra.re.na.i./ka.wa.tta./ka.ta.chi.no.ku.mo.
no.sha.shi.n.
平常看不到的奇怪形狀的雲的照片。

相關單字
ぶれる
bu.re.ru.
糊焦

相關單字
一眼レフカメラ
いちがん
i.chi.ga.n.re.fu.ka.me.ra.
單眼相機

相關單字
デジタル一眼
いちがん
de.ji.ta.ru.i.chi.ga.n.
類單眼

▼ 相關單字
デジタルカメラ
de.ji.ta.ru.ka.me.ra.
數位相機

▼ 相關單字
レンズ
re.n.zu.
鏡頭

▼ 相關單字
さんきゃく
三脚
sa.n.kya.ku.
三腳架

▼ 相關單字
さつえい
撮影
sa.tsu.e.i.
拍攝

▼ 相關單字
へんしゅう
編集
he.n.shu.u.
編輯、修正

▼ 相關單字
と
撮る
to.ru.
拍攝

> ▶ ^{うらな}占い
> u.ra.na.i.
> 算命、占卜

● 情境會話

Ⓐ タロット占いに行ったことがありますか。

ta.ro.tto./u.ra.na.i.ni./i.tta.ko.to.ga./a.ri.ma.su.ka.

你去算過塔羅牌嗎?

Ⓑ いいえ、行ったことがありません。

i.i.e./i.tta.ko.to.ga./a.ri.ma.se.n.

沒有。

● 實用例句

☞ トランプで占いをします。

to.ra.n.ppu.de./u.ra.na.i.o./shi.ma.su.

用撲克牌算命。

▼ 相關單字
^{せいざ}星座
se.i.za.
星座

▼ 相關單字
^{けつえきがた}血液型
ke.tsu.e.ki.ga.ta.
血型

▼ 相關單字
^{せんせいじゅつ}占星術
se.n.se.i.ju.tsu.
占星術

▼相關單字
西洋の占星術
せいよう せんせいじゅつ
se.i.yo.u.no./se.n.se.i.ju.tsu.
西洋占星術

▼相關單字
占い師
うらな し
u.ra.na.i.shi.
算命師

▼相關單字
風水
ふうすい
fu.u.su.i.
風水

▼相關單字
手相
てそう
te.so.u.
手相

▼相關單字
面相
めんそう
me.n.so.u.
面相

▼相關單字
迷信
めいしん
me.i.shi.n.
迷信

▼相關單字
タロット
ta.ro.tto.
塔羅牌

▼相關單字
干支
え と
e.to.
生肖

▼相關單字
当たる
a.ta.ru.
準確

▼相關單字
おひつじ座
o.hi.tsu.ji.za.
牧羊座

▼相關單字
おうし座
o.u.shi.za.
金牛座

▼相關單字
ふたご座
fu.ta.go.za.
雙子座

▼相關單字
かに座
ka.ni.za.
巨蟹座

▼相關單字
しし座
shi.shi.za.
獅子座

▼相關單字
おとめ座
o.to.me.za.
處女座

▼相關單字
てんびん座
te.n.pi.n.za.
天秤座

| ▼相關單字 | さそり座^ざ
sa.so.ri.za.
天蠍座 |

さそり座^ざ
sa.so.ri.za.
天蠍座

いて座^ざ
i.te.za.
射手座

やぎ座^ざ
ya.gi.za.
山羊座

みずがめ座^ざ
mi.zu.ga.me.za.
水瓶座

うお座^ざ
u.o.za.
雙魚座

▶野菜
ya.sa.i.
蔬菜

● 情境會話

Ⓐ 今日のお勧めは何ですか。

kyo.u.no./o.su.su.me.wa./na.n.de.su.ka.

今天有什麼推薦的嗎？

Ⓑ えเ้と、明太子パスタ、特製ハンバーグと野菜スープです。

e.e.to./me.i.ta.i.o.pa.su.ta./to.ku.se.i.ha.n.ba.a.gu.to./ya.sa.i.su.u.pu.de.su.

嗯…，明太子義大利麵、特製漢堡排和蔬菜湯。

Ⓐ じゃ、特製ハンバーグ一つください。

ja./to.ku.se.i.ha.n.ba.a.gu./hi.to.tsu.ku.da.sa.i.

那麼，請給我一份特製漢堡排。

● 實用例句

☞ この店のショーロンポーは、みずみずしい野菜の食感とジューシーな肉とのバランスを楽しめます。

ko.no.mi.se.no.sho.o.ro.n.po.o.wa./mi.zu.mi.zu.shi.i.ya.sa.i.no.sho.kka.n.to./ju.u.shi.i.na.ni.ku.to.no./ba.ra.n.su.o./ta.no.shi.me.ma.su.

這家店的小籠包，可以吃出鮮嫩蔬菜的口感和多汁肉餡的比例。

▼相關單字
しいたけ
shi.i.ta.ke.
香菇

▼相關單字
じゃがいも
ja.ga.i.mo.
馬鈴薯

▼相關單字
にんじん
ni.n.ji.n.
紅蘿蔔

▼相關單字
大根
da.i.ko.n.
白蘿蔔

▼相關單字
ほうれん草
ho.u.re.n.so.u.
菠菜

▼相關單字
キャベツ
kya.be.tsu.
高麗菜

▼相關單字
きゅうり
kyu.u.ri.
小黃瓜

▼相關單字
ブロッコリ
bu.ro.kko.ri.
綠色花椰菜

▼相關單字	ピーマン pi.i.ma.n. **青椒**
▼相關單字	なす na.su. **茄子**
▼相關單字	セロリ se.ro.ri. **芹菜**
▼相關單字	^{はくさい}白菜 ha.ku.sa.i. **大白菜**
▼相關單字	レタス re.ta.su. **萵苣**
▼相關單字	とうもろこし／コーン to.u.mo.ro.ko.shi./ko.o.n. **玉米**
▼相關單字	^{なが}長ねぎ na.ga.ne.gi. **大蔥**
▼相關單字	かぶ ka.bu. **蕪菁**

▼相關單字
あずき
a.zu.ki.
紅豆

▼相關單字
黒豆
くろまめ
ku.ro.ma.me.
黑豆

▼相關單字
グリーンピース
gu.ri.i.n.pi.i.su.
豌豆

▼相關單字
さといも
sa.to.i.mo.
小芋頭

▼相關單字
たろいも
ta.ro.i.mo.
大芋頭

▼相關單字
さつまいも
sa.tsu.ma.i.mo.
蕃薯

▼相關單字
トマト
to.ma.to.
蕃茄

▼相關單字
レモン
re.mo.n.
檸檬

► 肉
にく
ni.ku.
肉

● 情境會話

Ⓐ 一番好きな食べ物は何ですか。
いちばん す た もの なん

i.chi.ba.n.su.ki.na.ta.be.mo.no.wa./na.n.de.su.ka.

你最喜歡吃什麼?

Ⓑ 焼肉です。
やきにく

ya.ki.ni.ku.de.su.

我最愛吃烤肉。

● 實用例句

☞ 肉しか食べません。
にく た

ni.ku.shi.ka./ta.be.ma.se.n.

非肉不吃。/只吃肉。

▼相關單字
豚肉
ぶたにく
bu.ta.ni.ku.
豬肉

▼相關單字
ロース
ro.o.su.
里肌肉

▼相關單字
ヒレ
hi.re.
腰內肉

▼
相關單字
ぱら肉
ba.ra.ni.ku.
五花肉

▼
相關單字
ひき肉
hi.ki.ni.ku.
絞肉

▼
相關單字
ベーコン
be.e.ko.n.
培根

▼
相關單字
ソーセージ
so.o.se.e.ji.
香腸

▼
相關單字
ビーフ／牛肉
bi.i.fu./gyu.u.ni.ku.
牛肉

▼
相關單字
牛タン
gyu.u.ta.n.
牛舌

▼
相關單字
鶏肉
to.ri.ni.ku.
雞肉

▼
相關單字
もも肉
mo.mo.ni.ku.
雞腿肉

相關單字	ささみ sa.sa.mi. 雞胸肉
相關單字	手羽先 て ば さき ta.ba.sa.ki. 雞翅膀
相關單字	かも肉 にく ka.mo.ni.ku. 鴨肉
相關單字	ラム ra.mu. 羊肉
相關單字	いせえび i.se.e.bi. 龍蝦
相關單字	魚 さかな sa.ka.na. 魚
相關單字	えび e.bi. 蝦
相關單字	かに ka.ni. 螃蟹

▼相關單字	かき ka.ki. 牡蠣
▼相關單字	マグロ ma.gu.ro. 鮪魚
▼相關單字	うなぎ u.na.gi. 鰻
▼相關單字	たこ ta.ko. 章魚
▼相關單字	いか i.ka. 花枝

▶ 食べ物
た　もの
ta.be.mo.no.
食物

●情境會話

Ⓐ 北海道はどうでしたか？
ほっかいどう
ho.kka.i.do.u.wa./do.de.shi.ta.ka.
北海道的旅行怎麼樣呢？

Ⓑ 景色もきれいだし、食べ物もおいしいし、楽し
けしき　　　　　　　　たもの　　　　　　　たの
かったです。
ke.shi.ki.mo.ki.re.i.da.shi./ta.be.mo.no.mo.o.i.shi.i.si/
ta.no.shi.ka.tta.de.su.
風景很漂亮，食物也很好吃，玩得很開心。

●實用例句

☞ 彼は食べ物にはうるさいです。
かれ　　　たもの
ka.re.wa./ta.be.mo.no.ni.wa./u.ru.sa.i.de.su.
他對食物很挑剔。

| 相關單字 | ごはん
go.ha.n.
米飯 |

| 相關單字 | めん
me.n.
麵條 |

▼ 相關單字
カップラーメン
ka.ppu.ra.a.me.n.
速食麵

▼ 相關單字
春雨（はるさめ）
ha.ru.sa.me.
冬粉

▼ 相關單字
すし
su.shi.
壽司

▼ 相關單字
肉まん（にく）
ni.ku.ma.n.
肉包子

▼ 相關單字
おにぎり
o.ni.gi.ri.
飯糰

▼ 相關單字
すき焼き（や）
su.ki.ya.ki.
壽喜燒

▼ 相關單字
丼もの（どん）
do.n.mo.no.
丼飯

▼ 相關單字
ラーメン
ra.a.me.n.
拉麵

▼
相關單字
餃子
gyo.u.za.
煎餃

▼
相關單字
うどん
u.do.n.
烏龍麵

▼
相關單字
そば
so.ba.
蕎麥麵

▼
相關單字
カレー
ka.re.e.
咖哩

▼
相關單字
オムライス
o.mu.ra.i.su.
蛋包飯

▶ 味
あじ
a.ji.
味道、口味

● 情境會話

Ⓐ いただきます。
i.ta.da.ki.ma.su.
開動了。

Ⓑ お味はどうですか。
o.a.ji.wa./do.u.de.su.ka.
味道怎麼樣呢？

Ⓐ からっ！
ka.ra.
好辣喔！

● 實用例句

☞ 日本ではあまり食べられない味です。
ni.ho.n.de.wa./a.ma.ri.ta.be.ra.re.na.i./a.ji.de.su.
在日本難得吃到的。

相關單字
食感
しょっかん
sho.kka.n.
口感

相關單字
もちもち
mo.chi.mo.chi.
彈牙有嚼勁的

▼
相關單字
ぱりぱり
pa.ri.pa.ri.
酥脆的

▼
相關單字
さくさく
sa.ku.sa.ku.
鬆脆的

▼
相關單字
臭い
く さ
ku.sa.i.
很臭

▼
相關單字
さっぱり
sa.ppa.ri.
很清爽

▼
相關單字
柔らかい
や わ
ya.wa.ra.ka.i.
很嫩的

▼
相關單字
ふわふわ
fu.wa.fu.wa.
鬆軟的

▼
相關單字
のうこう
no.u.ko.u.
濃郁的

▼
相關單字
とろとろ
to.ro.to.ro.
黏糊糊的

▼
相
關
單
字

かた
硬い
ka.ta.i.
硬的

▼
相
關
單
字

ジューシー
ju.u.shi.i.
多汁的

▼
相
關
單
字

あぶらっぽい
bu.ra.ppo.i.
油膩的

▼
相
關
單
字

おいしい
o.i.shi.i.
美味極了

▼
相
關
單
字

うまい
u.ma.i.
好吃

▼
相
關
單
字

おいしくない
o.i.shi.ku.na.i.
不好吃

▼
相
關
單
字

まずい
ma.zu.i.
難吃

▶ **食事**
しょくじ
sho.ku.ji.
餐、用餐

● 情境會話

Ⓐ 食事に行こうか。
しょくじ

sho.ku.ji.ni.i.ko.u.ka.

去吃飯吧。

Ⓑ うん。

u.n.

好啊。

● 實用例句

☞ 食事時は、店の外にまで長い行列ができる。
しょくじどき　　みせ　そと　　　　　なが　ぎょうれつ

sho.ku.ji.do.ki.wa./mi.se.no.so.to.ni.ma.de./na.ga.i.
gyo.u.re.tsu.ga./de.ki.ru.

用餐時間時，長長的隊伍排到了店外。

▼相關單字	グルメ
	gu.ru.me.
	美食

▼相關單字	ファーストフード店 てん
	fa.a.su.to.fu.u.do.
	速食店

▼相關單字	バー
	ba.a.
	酒吧

▼相關單字

しょくどう
食堂
sho.ku.do.u.
大眾餐廳

▼相關單字

レストラン
re.su.to.ra.n.
正式的餐廳

▼相關單字

バイキング
ba.i.ki.n.gu.
吃到飽的餐廳

▼相關單字

ファミレス
fa.mi.re.su.
適合全家去的餐廳(如「樂雅樂」)

▼相關單字

やたい
屋台
ya.ta.i.
攤販

▼相關單字

た　　ぐ
立ち食い
ta.chi.gu.i.
站著吃的

▼相關單字

りょうてい
料亭
ryo.u.te.i.
高級日式餐廳

▼相關單字

よやく
予約
yo.ya.ku.
預訂

▶ 飲み物
no.mi.mo.no.
飲料

●情境會話

Ⓐ お飲み物はいかがですか？

o.no.mi.mo.no.wa./i.ka.ga.de.su.ka.
要不要來點飲料呢？

Ⓑ はい、コーヒーをください。

ha.i./ko.o.hi.i.o./ku.da.sa.i.
好的，請給我一杯咖啡。

●實用例句

☞ 飲み物は何にいたしましょうか。

no.mi.mo.no.wa./na.ni.ni./i.ta.sh.ma.sho.u.ka.
想喝點什麼？

▼相關單字
ドリンク
do.ri.n.ku.
飲料

▼相關單字
ミネラルウォーター
mi.ne.ra.ru.wo.o.ta.a.
礦泉水

▼相關單字
ラッテ
ra.tte.
拿鐵

▼相關單字
エスプレッソ
e.su.pu.re.sso.
義式濃縮

▼相關單字
カプチーノ
ka.pu.chi.i.no.
卡布奇諾

▼相關單字
コーヒー
ko.o.hi.i.
咖啡

▼相關單字
ブレンド
bu.re.n.do.
招牌咖啡

▼相關單字
インスタントコーヒー
i.n.su.ta.n.to.ko.o.hi.i.
即溶咖啡

▼相關單字
ホットチョコレート
ho.tto.cho.ko.re.e.to.
熱巧克力

▼相關單字
ホットココア
ho.tto.ko.ko.a.
可可亞

▼相關單字
お茶
o.cha.
茶

▼相關單字
緑茶
りょくちゃ
ryo.ku.cha.
綠茶

▼相關單字
紅茶
こうちゃ
ko.u.cha.
紅茶

▼相關單字
ほうじ茶
ちゃ
bo.u.ji.cha.
烘焙茶

▼相關單字
煎茶
せんちゃ
se.n.cha.
煎茶

▼相關單字
ジャスミンティー
ja.su.mi.n.ti.i.
茉莉花茶

▼相關單字
ミルクティー
mi.ru.ku.ti.i.
奶茶

▼相關單字
ジュース
ju.u.su.
果汁

▼相關單字
レモンジュース
re.mo.n.ju.u.su.
檸檬汁

▼相關單字
オレンジジュース
o.re.n.ji.ju.u.su.
柳橙汁

▼相關單字
牛乳
gyu.u.nyu.u.
牛奶

▼相關單字
ビール
bi.i.ru.
啤酒

▼相關單字
発泡酒
ha.ppo.u.shu.
發泡酒

▼相關單字
シャンパン
sha.n.pa.n.
香檳酒

▼相關單字
チューハイ
chu.u.ha.i.
酒精含量較低的調味酒

▼相關單字
ワイン
wa.i.n.
葡萄酒

▼相關單字
カクテル
ka.ku.te.ru.
雞尾酒

▼
相關單字
焼酎
しょうちゅう
sho.u.chu.u.
蒸餾酒

▼
相關單字
酒
さけ
sa.ke.
清酒

▼
相關單字
炭酸水
たんさんすい
ta.n.sa.n.su.i.
碳酸飲料

▼
相關單字
コカコーラ
ko.ka.ko.o.ra.
可口可樂

▼
相關單字
サイダー
sa.i.da.a.
汽水

▼
相關單字
ソーダ
so.o.da.
蘇打水

▼
相關單字
ラムネ
ra.mu.ne.
彈珠汽水

▼
相關單字
メロンサイダー
me.ro.n.sa.i.da.a.
哈密瓜汽水

▶ 家
いえ
i.e.
家

●情境會話

Ⓐ もう帰りますか？
かえ

mo.u.ka.e.ri.ma.su.ka.

要回去了嗎？

Ⓑ はい、五時までに家に帰らないと。
ごじ　　　　いえ　かえ

ha.i./go.ji.ma.de.ni.i.e.ni.ka.e.ra.na.i.to.

是啊，我要在五點前到家。

●實用例句

☞ 宿題を家に忘れてしまった。
しゅくだい　いえ　わす

shu.ku.da.i.o./i.e.ni.wa.su.re.te./shi.ma.tta.

我把功課放在家裡了。

▼ 相關單字
建築
けんちく
ke.chi.ku.
建築

▼ 相關單字
アパート
a.pa.a.to.
公寓

▼ 相關單字
マンション
ma.n.sho.n.
住宅大樓、較高級的公寓

▼
相關單字
いっこだて
一戸建て
i.kko.da.te.
房子

▼
相關單字
ビル
bi.ru.
大樓

▼
相關單字
ちょうこうそう
超高層マンション
cho.u.ko.u.so.u./ma.n.sho.n.
超高住宅

▼
相關單字
わしきけんちく
和式建築
wa.shi.ki.ke.n.chi.ku.
日式建築

▼
相關單字
かおく
家屋
ka.o.ku.
日室房子

▼
相關單字
じゅうたく
住宅
ju.u.ta.ku.
住宅

▶ **インテリア**
i.n.te.ri.a.
室內裝潢、家具

● 情境會話

Ⓐ あの店はなかなかインテリアが凝っていますね。

a.no.mi.se.wa./na.ka.na.ka./i.n.te.ri.a.ga./ko.tte.i.ma.su.ne.

這家店的裝潢很講究。

Ⓑ そうですね。
so.u.de.su.ne.
就是說啊。

● 實用例句

☞ オシャレなインテリアがいっぱいあります。
o.sha.re.na./i.n.te.ri.a.ga./i.ppa.i.a.ri.ma.su.
有很多特別的家具。

▼相關單字 机 tsu.ku.e. 桌子

▼相關單字 テーブル te.e.bu.ru. 西式桌子

▼相關單字
こたつ
ko.ta.tsu.
小暖桌

▼相關單字
照明
しょうめい
sho.u.me.i.
燈

▼相關單字
フロアランプ
fu.ro.a.ra.n.pu.
立燈

▼相關單字
電気スタンド
でんき
de.n.ki./su.ta.n.do.
檯燈

▼相關單字
蛍光灯
けいこうとう
ke.i.ko.u.to.u.
日光燈

▼相關單字
電球
でんきゅう
de.n.kyu.u.
燈泡

▼相關單字
テレビ台
だい
te.re.bi.da.i.
電視櫃

▼相關單字
ダイニングテーブル
da.i.ni.n.gu./te.e.bu.ru.
餐桌

▼相關單字
折りたたみデスク
o.ri.ta.ta.mi./de.su.ku.
摺疊桌

▼相關單字
化粧デスク
ke.sho.u./de.su.ku.
梳妝台

▼相關單字
パソコンデスク
pa.so.ko.n./de.su.ku.
電腦桌

▼相關單字
クライニングチェア
ku.ra.i.ni.n.gu./che.a.
坐臥兩用椅

▼相關單字
ソファー
so.fa.a.
沙發

▼相關單字
長いす
na.ga.i.su.
長椅

▼相關單字
丸いす
ma.ru.i.su.
小圓凳

▼相關單字
風呂いす
fu.ro.i.su.
浴室用的小圓凳

▼
相關單字
ざ い す
座椅子
za.i.su.
沒有椅腳的椅子

▼
相關單字
クッション
ku.ssho.n.
椅墊

▼
相關單字
ざ ふ と ん
座布団
za.bu.to.n.
座墊

▼
相關單字
ほんだな
本棚
ho.n.da.na.
書櫃

▼
相關單字
たんす
ta.n.su.
五斗櫃

▼
相關單字
ひ だ
引き出し
hi.ki.da.shi.
抽屜

► 家電
ka.de.n.
家電

● 情境會話

Ⓐ 田中さんは家電に詳しいですか？
ta.na.ka.sa.n.wa./ka.de.n.ni./ku.wa.shi.i.de.su.ka.
田中小姐，你對家電熟悉嗎？

Ⓑ ええ、なんですか。
e.e./na.n.de.su.ka.
是的，怎麼了嗎？

Ⓐ テレビを買い替えようと思うのですが、私は
全く家電についての知識がありません。おす
すめとかありませんか。
te.re.bi.o./ka.i.ka.e.yo.u.to./o.mo.u.no.de.su.ga./wa.ta.
shi.wa./ma.tta.ku.ka.de.n.ni.tsu.i.te.no./chi.shi.ki.ga.a.
ri.ma.se.n./o.su.su.me.to.ka./a.ri.ma.se.n.ka.
我想要換電視了，但對於家電一竅不通，請問你有推
薦的嗎？

● 實用例句

☞ どんな家電メーカーがおススメですか。
do.n.na.ka.de.n.me.e.ka.a.ga./o.su.su.me.de.su.ka.
請問你推薦哪家家電製造商？

▼ 相關單字
空気清浄機
ku.u.ki.se.i.jo.u.ki.
空氣清淨機

▼相關單字
かしつき
加湿器
ka.shi.tsu.ki.
加濕機

▼相關單字
ブルーレイプレーヤー
bu.ru.u.re.i./pu.re.e.ya.a.
藍光DVD機

▼相關單字
DVDレコーダー
di.bu.i.di./re.ko.o.da.a.
DVD錄影機

▼相關單字
だんぼう
暖房
da.n.bo.u.
暖爐

▼相關單字
テレビ
te.re.bi.
電視機

▼相關單字
せんたくき
洗濯機
se.n.ta.ku.ki.
洗衣機

▼相關單字
せんぷうき
扇風機
se.n.pu.u.ki.
電扇

▼相關單字
そうじき
掃除機
so.u.ji.ki.
吸塵器

▼相關單字
クーラー
ku.u.ra.a.
冷氣

▼相關單字
ステレオ
su.te.re.o.
音響組合

▼相關單字
リモコン
ri.mo.ko.n.
遙控器

▼相關單字
電子レンジ
de.n.shi.re.n.ji.
微波爐

▼相關單字
オーブン
o.o.bu.n.
烤箱

▼相關單字
ロースター
ro.o.su.ta.a.
烤爐

▼相關單字
トースター
to.o.su.ta.
烤麵包機

▼相關單字
コーヒーメーカー
ko.o.hi.i./me.e.ka.a.
咖啡機

▼ 相關單字
じどうしょっきあらき
自動食器洗い機
ji.do.u./sho.kki.a.ra.i.ki.
洗碗機

▼ 相關單字
すいはんき
炊飯器
su.i.ha.n.ki.
電子鍋

▼ 相關單字
れいぞうこ
冷蔵庫
re.i.zo.u.ko.
冰箱

▼ 相關單字
でんき
電気ケトル
de.n.ki.ke.to.ru.
快煮壺

> いろ
> ▶ **色**
> i.ro.
> **顔色**

●情境會話

Ⓐ ちょっと色が暗いですね。他にありませんか？
cho.tto.i.ro.ga.ku.ra.i.de.su.ne./ho.ka.ni.a.ri.ma.se.n.
ka.
這個顏色有一點暗，還有其他的嗎？

Ⓑ こちらピンクのはいかがですか？
ko.chi.ra.pi.n.ku.no.wa./i.ka.ga.de.su.ka.
這件粉紅色的怎樣呢？

●實用例句

☞ どんな色がすきですか。
do.n.na.i.ro.ga./su.ki.de.su.ka.
你喜歡什麼顏色？

相關單字	きいろ **黄色** ki.i.ro. **黃色**
相關單字	**ベージュ** be.e.ju. **駝色**
相關單字	**ブラウン** bu.ra.u.n. **棕色**

▼相關單字
茶色
cha.i.ro.
茶色

▼相關單字
緑色／グリーン
mi.do.ri.i.ro./gu.ri.i.n.
綠色

▼相關單字
ミント色
mi.n.to.i.ro.
薄荷色

▼相關單字
グレー
gu.re.e.
灰色

▼相關單字
ブルー
bu.ru.u.
藍色

▼相關單字
紺
ko.n.
深藍色

▼相關單字
ライトブルー
ra.i.to.bu.ru.u.
淺藍色

▼相關單字
紫／パープル
mu.ra.sa.ki./pa.a.pu.ru.
紫色

• track 155

▼相關單字
しろ
白
shi.ro.
白色

▼相關單字
アイボリー
a.i.bo.ri.i.
象牙色

▼相關單字
あか
赤
a.ka.
紅色

▼相關單字
ま　か
真っ赤
ma.kka.
大紅

▼相關單字
ピンク
pi.n.ku.
粉紅色

▼相關單字
くろ
黒
ku.ro.
黑色

▼相關單字
シルバー
shi.ru.ba.a.
銀白色

▼相關單字
ゴールド
go.o.ru.do.
金色

▶ **数字**
すうじ
su.u.ji.
數字

● 情境會話

Ⓐ 田中の数字が良くないようだが、どうなっている。
たなか　すうじ

ta.na.ka.no.su.u.ji.ga./yo.ku.na.i.yo.u.da.ga./do.u.na.tte.i.ru.

田中的營業數字不太好，該怎麼辦？

Ⓑ はい、原因を調べに得意先へ行くように指示しています。
げんいん　しら　とくいさき　い　しじ

ha.i./ge.n.i.o./shi.ra.be.ni./to.ku.i.sa.ki.e./i.ku.yo.u.ni./shi.ji.shi.te.i.ma.su.

是的，我已經叫他到客戶那兒去調查原因了。

● 實用例句

☞ 彼は数字に強いです。
かれ　すうじ　つよ

ka.re.wa./su.u.ji.ni./tsu.yo.i.de.su.

他很有數字感。

▼ まる／ゼロ／れい
相關單字
ma.ru./ze.ro./re.i.
零

▼ 一
相關單字
いち
i.chi.
一

▼ 相關單字

に
二
ni.

二

▼ 相關單字

さん
三
sa.n.

三

▼ 相關單字

よん し
四／四
yo.n./shi.

四

▼ 相關單字

ご
五
go.

五

▼ 相關單字

ろく
六
ro.ku.

六

▼ 相關單字

しち なな
七／七
shi.chi./na.na.

七

▼ 相關單字

はち
八
ha.chi.

八

▼ 相關單字

きゅう く
九／九
kyu.u./ku.

九

▼ 相關單字
じゅう
十
ju.u.
十

▼ 相關單字
にじゅう
二十
ni.ju.u.
二十

▼ 相關單字
きゅうじゅう
九十
kyu.u.ju.u.
九十

▼ 相關單字
ひゃく
百
hya.ku.
百

▼ 相關單字
さんびゃく
三百
sa.n.bya.ku.
三百

▼ 相關單字
ろっぴゃく
六百
ro.ppya.ku.
六百

▼ 相關單字
はっぴゃく
八百
ha.ppya.ku.
八百

▼ 相關單字
せん
千
se.n.
千

▼相關單字
さんぜん
三千
sa.n.ze.n.
三千

▼相關單字
まん
万
ma.n.
萬

▼相關單字
ひゃくまん
百万
hya.ku.ma.n.
百萬

▼相關單字
おく
億
o.ku.
億

► 時間
じかん
ji.ka.n.
時間

● 情境會話

Ⓐ 申し込みするのは時間がかかりますか？
もうこ　　　　　　　　　　じかん

mo.u.shi.ko.mi.su.ru.no.wa./ji.ka.n.ga.ka.ka.ri.ma.su.ka.

申請這個會很花時間嗎？

Ⓑ いいえ、申込書を書くだけです、お時間は取ら
もうしこみしょ　か　　　　　　　　　じかん　と
せません。

i.i.e./mo.u.shi.ko.mi.sho.o./ka.ku.da.ke.de.su./o.ji.ka.n.wa./to.ra.se.ma.se.n.

不，只要填寫申請書而已，不會耽誤你太久。

● 實用例句

☞ そろそろ時間です。行きましょうか？
じかん　　　　い

so.ro.so.ro.ji.ka.n.de.su./i.ki.ma.sho.u.ka.

時間到了，我們走吧。

相關單字
▼ 一時
いちじ
i.chi.ji.
一點

相關單字
▼ 二時
にじ
ni.ji.
兩點

▼ 相關單字
さんじ
三時
sa.n.ji.
三點

▼ 相關單字
よじ
四時
yo.ji.
四點

▼ 相關單字
ごじ
五時
go.ji.
五點

▼ 相關單字
ろくじ
六時
ro.ku.ji.
六點

▼ 相關單字
しちじ
七時
shi.chi.ji.
七點

▼ 相關單字
はちじ
八時
ha.chi.ji.
八點

▼ 相關單字
くじ
九時
ku.ji.
九點

▼ 相關單字
じゅうじ
十時
ju.u.ji.
十點

▼
相關單字

十一時
じゅういちじ
ju.u.i.chi.ji.
十一點

▼
相關單字

十二時
じゅうにじ
ju.u.ni.ji.
十二點

▼
相關單字

五分
ごふん
go.fu.n.
五分

▼
相關單字

十分
じゅっぷん
ju.ppu.n.
十分

▼
相關單字

半
はん
ha.n.
半

▼
相關單字

午前
ごぜん
go.ze.n.
早上到中午間的時段

▼
相關單字

午後
ごご
go.go.
下午

▼
相關單字

朝
あさ
a.sa.
早上

▼ 相關單字
ひる
昼
hi.ru.
白天

▼ 相關單字
よる
夜
yo.ru.
晚上

▼ 相關單字
よなか
夜中
yo.na.ka.
深夜

▼ 相關單字
ゆうがた
夕方
yu.u.ga.ta.
下午

► 日付
ひづけ
hi.zu.ke.
日期

●情境會話

Ⓐ ここに日付を記入してください。

ko.ko.i./hi.zu.ke.o./ki.nyu.u.shi.te.ku.da.sa.i.

請在這裡寫上日期。

Ⓑ はい。

ha.i.

好的。

●實用例句

☞ 日付を入れます。

hi.zu.ke.o./i.re.ma.su.

寫上日期。

▼ 一月
相 いちがつ
關 i.chi.ga.tsu.
單
字 一月

▼ 二月
相 にがつ
關 ni.ga.tsu.
單
字 二月

▼ 三月
相 さんがつ
關 sa.n.ga.tsu.
單
字 三月

▼相關單字
しがつ
四月
shi.ga.tsu.
四月

▼相關單字
ごがつ
五月
go.ga.tsu.
五月

▼相關單字
ろくがつ
六月
ro.ku.ga.tsu.
六月

▼相關單字
しちがつ
七月
shi.chi.ga.tsu.
七月

▼相關單字
はちがつ
八月
ha.chi.ga.tsu.
八月

▼相關單字
くがつ
九月
ku.ga.tsu.
九月

▼相關單字
じゅうがつ
十月
ju.u.ga.tsu.
十月

▼相關單字
じゅういちがつ
十一月
ju.u.i.chi.ga.tsu.
十一月

▼
相
關
單
字

じゅうにがつ
十二月
ju.u.ni.ji.ga.tsu.
十二月

▼
相
關
單
字

ついたち
一日
tsu.i.ta.chi.
一號

▼
相
關
單
字

ふつか
二日
fu.tsu.ka.
二號

▼
相
關
單
字

みっか
三日
mi.kka.
三號

▼
相
關
單
字

よっか
四日
yo.kka.
四號

▼
相
關
單
字

いつか
五日
i.tsu.ka.
五號

▼
相
關
單
字

むいか
六日
mu.i.ka.
六號

▼
相
關
單
字

なのか
七日
na.no.ka.
七號

▼
相關單字

ようか
八日
yo.u.ka.
八號

▼
相關單字

ここのか
九日
ko.ko.no.ka.
九號

▼
相關單字

とおか
十日
to.o.ka.
十號

▼
相關單字

はつか
二十日
ha.tsu.ka.
二十號

► **曜日**
yo.u.bi.
星期

●情境會話

Ⓐ 来週の会議は何曜日ですか？

ra.i.shu.u.no.ka.gi.wa./na.n.yo.u.bi.de.su.ka.

下週的會議是星期幾？

Ⓑ 金曜日です。

ki.n.yo.u.bi.de.su.

星期五。

●實用例句

☞ 今日何曜日ですか？。

kyo.u.na.n.yo.u.bi.de.su.ka.

今天星期幾？

▼相關單字
日曜日
ni.chi.yo.u.bi.
星期日

▼相關單字
月曜日
ge.tsu.yo.u.bi.
星期一

▼相關單字
火曜日
ka.yo.u.bi.
星期二

▼相關單字
水曜日
すいようび
su.i.yo.u.bi.
星期三

▼相關單字
木曜日
もくようび
mo.ku.yo.u.bi.
星期四

▼相關單字
金曜日
きんようび
ki.n.yo.u.bi.
星期五

▼相關單字
土曜日
どようび
do.yo.u.bi.
星期六

> ▶ 今日
> きょう
> kyo.u.
> 今天

●情境會話

Ⓐ ただいま。

　ta.da.i.ma.

　我回來了。

Ⓑ おかえり。今日はどうだった？

　o.ka.e.ri./kyo.u.wa./do.u.da.tta.

　歡迎回家。今天過得如何？

●實用例句

☞ 今日もお願いします。

　kyo.u.mo./o.ne.ga.i.si.ma.su.

　今天也請多多指教。

▼相關單字
今日
きょう
kyo.u.
今天

▼相關單字
昨日
きのう
ki.no.u.
昨天

▼相關單字
一昨日
おととい
o.to.to.i.
前天

▼相關單字
あした
明日
a.shi.ta.
明天

▼相關單字
あさって
a.ssa.te.
後天

▼相關單字
きょねん
去年
kyo.ne.n.
去年

▼相關單字
ことし
今年
ko.to.shi.
今年

▼相關單字
らいねん
来年
ra.i.ne.n.
明年

▼相關單字
せんげつ
先月
se.n.ge.tsu.
上個月

▼相關單字
こんげつ
今月
ko.n.ge.tsu.
這個月

▼相關單字
らいげつ
来月
ra.i.ge.tsu.
下個月

▼
相關單字
先週
se.n.shu.u.
上週

▼
相關單字
今週
ko.n.shu.u.
這週

▼
相關單字
来週
ra.i.shu.u.
下週

▼
相關單字
毎日
ma.i.ni.chi.
每天

▼
相關單字
毎週
ma.i.shu.u.
每週

▼
相關單字
毎月
ma.i.tsu.ki.
每個月

▼
相關單字
毎年
ma.i.to.shi.
每年

▼
相關單字
一時間
i.chi.ji.ka.n.
一個小時

▼ 相關單字

いっしゅうかん
一週間
i.sshu.ka.n.
一個星期

▼ 相關單字

いっかげつ
一ケ月
i.kka.ge.tsu.
一個月

▼ 相關單字

いちねん
一年
i.chi.ne.n.
一年

▶ **性格**
せいかく
se.i.ka.ku.
個性

● 情境會話

Ⓐ 藤原さんは怒りっぽく短気で、小さいことを
気にします。

fu.ji.wa.ra.sa.n.wa./o.ko.ri.ppo.ku.ta.n.ki.de./chi.i.sa.i.
ko.no.o./ki.ni.shi.ma.su.

藤原先生愛生氣又沒耐性，一點小事都會介意。

Ⓑ だから友達が少ないですね。

da.ka.ra./to.mo.da.chi.ga./su.ku.na.i.de.su.ne.

所以他朋友很少啊！

Ⓐ あんな変な性格は誰も耐えられないですよ。

a.n.na.he.na.se.i.ka.ku.wa./da.re.mo./ta.e.ra.re.na.i.de.
su.yo.

這種怪個性，誰都受不了。

● 實用例句

☞ 性格きついな。

se.i.ka.ku.ki.tsu.i.na.

個性可真糟啊。

▼
相
關
單
字

いい人
ひと
i.i.hi.to.
是好人

▼相關單字
憎めない
に^{にく}
ni.ku.me.na.i.
又愛又恨

▼相關單字
性格きつい
^{せいかく}
se.i.ka.ku.ki.tsu.i.
個性很糟

▼相關單字
マイペース
ma.i.pe.e.su.
我行我素

▼相關單字
男っぽい
^{おとこ}
o.to.ko.ppo.i.
男孩子氣

▼相關單字
女らしい
^{おんな}
o.n.na.ra.shi.i.
有女人味

▼相關單字
明るい
^{あか}
a.ka.ru.i.
個性開朗

▼相關單字
暗い
^{くら}
ku.ra.i.
個性灰暗

▼相關單字
軽い
^{かる}
ka.ru.i.
很輕薄

▼相關單字
怒りっぽい
o.ko.ri.ppo.i.
愛生氣

▼相關單字
面白い
o.mo.shi.ro.i.
很有趣

▼相關單字
ずるい
zu.ru.i.
很狡猾

▼相關單字
几帳面だ
ki.cho.u.me.n.da.
愛乾淨

▼相關單字
短気だ
ta.n.ki.da.
沒耐性愛生氣

▼相關單字
冷たい
tsu.me.ta.i.
冷淡

▼相關單字
負けず嫌い
ma.ke.zu.gi.ra.i.
好勝

▼相關單字
わがまま
wa.ga.ma.ma.
任性

▼相關單字

しつこい
shi.tsu.ko.i.
煩人

▼相關單字

きちんとしている
ki.chi.n.to./shi.te.i.ru.
一絲不苟

▼相關單字

しっかりしている
shi.kka.ri./shi.te.i.ru.
很謹慎

▼相關單字

無責任
mu.se.ki.ni.n.
沒有責任感

▶ 恋愛
re.n.a.i.
戀愛

● 情境會話

Ⓐ 恋愛ってどんな感じ？
re.n.a.i.tte./do.n.na.ka.n.ji.
談戀愛是什麼感覺呢？

Ⓑ うん…なんて言うのかなあ…。
u.n./na.n.te.i.u.no.ka.na.a.
嗯……該怎麼說呢？

● 實用例句

☞ 彼らは恋愛中です。
ka.re.ra.wa./re.n.a.i.chu.u.de.su.
他們正在戀愛。

▼ 相關單字
好き
su.ki.
喜歡

▼ 相關單字
嫌い
ki.ra.i.
討厭

▼ 相關單字
愛する
a.i.su.ru.
愛

▶ 家族
ka.zo.ku.
家族、家庭、家人

● 情境會話

Ⓐ 田中さんは何人家族ですか。

ta.na.ka.sa.n.wa./na.n.ni.n.ka.zo.ku.de.su.ka.

田中先生，你家裡有幾個人？

Ⓑ 四人家族です。

yo.n.ni.n.ka.zo.ku.de.su.

我們家有四個人。

● 實用例句

☞ ご家族は元気ですか？

go.ka.zo.ku.wa./ge.n.ki.de.su.ka.

你的家人好嗎？

▼相關單字

ちち
chi.chi.
父親

▼相關單字

はは
ha.ha.
母親

▼相關單字

祖父
so.fu./o.o.ji.
祖父

▼ 相關單字	そ ぼ 祖母 so.bo./o.o.ba. 祖母
▼ 相關單字	しゅうと shu.u.to. 公公
▼ 相關單字	しゅうとめ shu.u.to.me. 婆婆
▼ 相關單字	おっと だんな しゅじん 夫／旦那／主人 o.tto./da.n.na./shu.ji.n. 丈夫
▼ 相關單字	つま おく 妻／奥さん tsu.ma./o.ku.sa.n. 妻子
▼ 相關單字	おじさん o.ji.sa.n. 伯叔舅姨父
▼ 相關單字	おばさん o.ba.sa.n. 姑姨母
▼ 相關單字	いとこ i.to.ko. 堂兄弟姊妹／表兄弟姊妹

▼ 相關單字
きょうだい
兄弟
kyo.u.da.i.
兄弟

▼ 相關單字
しまい
姉妹
shi.ma.i.
姊妹

▼ 相關單字
あに
兄
a.ni.
哥哥

▼ 相關單字
おとうと
弟
o.to.u.to.
弟弟

▼ 相關單字
いもうと
妹
i.mo.u.to.
妹妹

▼ 相關單字
あね
姉
a.ne.
姊姊

▼ 相關單字
むすめ
娘
mu.su.me.
女兒

▼ 相關單字
むこ
婿
mu.ko.
女婿

▼相關單字

息子
mu.su.ko.
兒子

▼相關單字

嫁
yo.me.
媳婦

▼相關單字

おいっこ
o.i.kko.
侄子

▼相關單字

めい
me.i.
侄女

▼相關單字

孫
ma.go.
外孫

▼相關單字

子供
ko.do.mo.
小孩子

▼相關單字

赤ちゃん
a.ka.cha.n.
嬰兒

▼相關單字

ふたご
fu.ta.go.
雙胞胎

▶ 場所
ばしょ
ba.sho.
地點

● 情境會話

Ⓐ こんな場所にもビルができたんだ。
ばしょ
ko.n.na.ba.sho.ni.mo./bi.ru.ga.de.ki.ta.n.da.
這裡也蓋了大樓了啊。

Ⓑ ほんとだ。
ho.n.to.da.
真的耶。

● 實用例句

☞ ほっとする場所がほしい！
ばしょ
ho.tto.su.ru.ba.sho.ga./ho.shi.i.
想要可以喘口氣的地方。

相關單字	駅 えき e.ki. 車站

相關單字	デパート de.pa.a.to. 百貨

相關單字	公園 こうえん ko.u.e.n. 公園

▼相關單字
ゆうびんきょく
郵便局
yu.u.bi.n.kyo.ku.
郵局

▼相關單字
えいがかん
映画館
e.i.ga.ka.n.
電影院

▼相關單字
ぎんこう
銀行
gi.n.ko.u.
銀行

▼相關單字
くつや
靴屋
ku.tsu.ya.
鞋店

▼相關單字
みやげものや
お土産物屋
o.mi.ya.ge.mo.no.ya.
名產店

▼相關單字
CDショップ
si.di.sho.ppu.
唱片行

▼相關單字
ほんや
本屋
ho.n.ya.
書店

▼相關單字
やっきょく
薬局
ya.kkyo.ku.
藥局

▶ 長さ
na.ga.sa.
長度

●情境會話

Ⓐ この板の長さはどのぐらいありますか。

ko.no.i.ta.no./na.ga.sa.wa./do.no.gu.ra.i.a.ri.ma.su.ka.

這塊板子有多長？

Ⓑ 2メートルあります。

ni.me.e.to.ru.a.ri.ma.su.

有2公尺長。

●實用例句

☞ この棒はあの棒の3倍の長さがあります。

ko.no.bo.u.wa./a.no.bo.u.no./sa.n.ba.i.no.na.ga.sa.ga./
a.ri.ma.su.

這根棒子是那根棒子的3倍長。

相關單字	重さ o.mo.sa. 重量

相關單字	長い na.ga.i. 長的

相關單字	短い mi.ji.ka.i. 短的

▼相關單字
重い
o.mo.i.
重的

▼相關單字
軽い
ka.ru.i.
輕的

▼相關單字
太い
fu.to.i.
粗的

▼相關單字
細い
ho.so.i.
細的

► **動物**
do.u.bu.tsu.
動物

● 情境會話

Ⓐ 明日動物園に行こうか？

a.shi.ta.do.u.bu.tsu.e.n.ni./i.ko.u.ka.

明天我們去動物園好嗎？

Ⓑ やった！賛成、賛成！

ya.tta./sa.n.se.i./sa.n.se.i.

耶！贊成贊成！

● 實用例句

☞ どの動物が好きですか。

do.no.do.u.bu.tsu.ga./su.ki.de.su.ka.

你喜歡什麼動物？

▼ 相關單字

ねずみ
ne.zu.mi.
鼠

▼ 相關單字

うし
u.shi.
牛

▼ 相關單字

とら
to.ra.
虎

▼相關單字
うさぎ
u.sa.gi.
兎

▼相關單字
へび
he.bi.
蛇

▼相關單字
うま
u.ma.
馬

▼相關單字
ひつじ
hi.tsu.ji.
羊

▼相關單字
さる
sa.ru.
猴

▼相關單字
とり
to.ri.
鳥

▼相關單字
いぬ
i.nu.
狗

▼相關單字
ねこ
ne.ko.
貓

▼相關單字

ぶた
bu.ta.
豬

▼相關單字

さかな
魚
sa.ka.na.
魚

▼相關單字

こんちゅう
昆虫
ko.n.chu.u.
昆蟲

▼相關單字

むし
虫
mu.shi.
蟲

▶ 植物
しょくぶつ
sho.ku.bu.tsu.

植物

●情境會話

Ⓐ 時間が無いので、植物に水をやってくれませんか。
じかん な しょくぶつ みず

ji.ka.n.ga.na.i.no.de./sho.ku.bu.tsu.ni./mi.zu.o./ya.tte.ku.re.ma.se.n.ka.

因為我沒時間，可以請你幫我為植物澆水嗎？

Ⓑ はい、分かりました。
わ

ha.i.wa.ka.ri.ma.shi.ta.

好的，我知道了。

●實用例句

☞ 毎朝植物に水をやります。
まいあさしょくぶつ みず

ma.i.a.sa./sho.ku.bu.tsu.ni./mi.zu.o.ya.ri.ma.su.

每天早上幫植物澆水。

▼相關單字
木
き
ki.

樹

▼相關單字
花
はな
ha.na.

花

我的菜日文【快速學會 50 音】

超強中文發音輔助 快速記憶 50 音

最豐富的單字庫 最實用的例句集

日文 50 音立即上手

日本人最想跟你聊的 30 種話題

精選日本人聊天時最常提到的各種話題

了解日本人最想知道什麼

精選情境會話及實用短句

擴充單字及會話語庫

讓您面對各種話題,都能侃侃而談

這句日語你用對了嗎

擺脫中文思考的日文學習方式

列舉台灣人學日文最常混淆的各種用法

讓你用「對」的日文順利溝通

日本人都習慣這麼說

學了好久的日語,卻不知道…

梳頭髮該用哪個動詞?

延長線應該怎麼說?黏呼呼是哪個單字?

當耳邊風該怎麼講?

快翻開這本書,原來日本人都習慣這麼說!

最實用的日文單字排行榜 100 名／雅典日研所 企編. -- 初版.
-- 新北市 ： 雅典文化，民 101.02
面； 公分. -- （全民學日語：16）
ISBN⊙978-986-6282-54-6（平裝）
1.日語　2.詞彙
803.12　　　　　　　　　　　　　　　100025262

全民學日語系列：16

最實用的日文單字排行榜 100 名

企　　編	雅典日研所
出 版 者	雅典文化事業有限公司
登 記 證	局版北市業字第五七○號
執行編輯	許惠萍
編 輯 部	22103 新北市汐止區大同路三段 194 號 9 樓之 1
	TEL／(02)86473663
	FAX／(02)86473660
法律顧問	中天國際法律事務所 涂成樞律師、周金成律師
總 經 銷	永續圖書有限公司
	22103 新北市汐止區大同路三段 194 號 9 樓之 1
	E-mail：yungjiuh@ms45.hinet.net
	網站：www.foreverbooks.com.tw
	郵撥：18669219
	TEL／(02)86473663
	FAX／(02)86473660
CVS 代理	美璟文化有限公司
	電話／(02)2723-9968
	傳真／(02)2723-9968
出 版 日	2012 年 02 月

ⓐ 雅典文化 **讀者回函卡**

謝謝您購買這本書。

為加強對讀者的服務，請您詳細填寫本卡，寄回**雅典文化**
；並請務必留下您的E-mail帳號，我們會主動將最近"好
康"的促銷活動告訴您，保證值回票價。

書　　名：**最實用的日文單字排行榜100名**

購買書店：＿＿＿＿＿市／縣＿＿＿＿＿＿＿＿書店

姓　　名：＿＿＿＿＿＿　生　日：＿＿＿年＿＿月＿＿日

身分證字號：＿＿＿＿＿＿＿＿＿＿＿＿＿＿＿＿＿＿

電　　話：(私)＿＿＿＿＿(公)＿＿＿＿＿(手機)＿＿＿＿＿

地　　址：□□□＿＿＿＿＿＿＿＿＿＿＿＿＿＿＿＿

E - mail：＿＿＿＿＿＿＿＿＿＿＿＿＿＿＿＿＿＿

年　　齡：□20歲以下　□21歲～30歲　□31歲～40歲
　　　　　□41歲～50歲　□51歲以上

性　　別：□男　　□女　　婚姻：□單身　□已婚

職　　業：□學生　　□大眾傳播　□自由業　□資訊業
　　　　　□金融業　□銷售業　　□服務業　□教職
　　　　　□軍警　　□製造業　　□公職　　□其他

教育程度：□高中以下（含高中）□大專　□研究所以上

職 位 別：□負責人　□高階主管　□中級主管
　　　　　□一般職員　□專業人員

職 務 別：□管理　　□行銷　　□創意　　□人事、行政
　　　　　□財務、法務　　□生產　　□工程　□其他＿＿

您從何得知本書消息？
　　□逛書店　　□報紙廣告　□親友介紹
　　□出版書訊　□廣告信函　□廣播節目
　　□電視節目　□銷售人員推薦
　　□其他＿＿＿＿＿＿＿＿＿＿＿＿＿＿＿

您通常以何種方式購書？
　　□逛書店　□劃撥郵購　□電話訂購　□傳真訂購　□信用卡
　　□團體訂購　□網路書店　□其他＿＿＿＿＿＿＿

看完本書後，您喜歡本書的理由？
　　□內容符合期待　□文筆流暢　□具實用性　□插圖生動
　　□版面、字體安排適當　　□內容充實
　　□其他＿＿＿＿＿＿＿＿＿＿＿＿＿＿

看完本書後，您不喜歡本書的理由？
　　□內容不符合期待　□文筆欠佳　□內容平平
　　□版面、圖片、字體不適合閱讀　　□觀念保守
　　□其他＿＿＿＿＿＿＿＿＿＿＿＿＿＿

您的建議：＿＿＿＿＿＿＿＿＿＿＿＿＿＿＿＿＿＿

廣 告 回 信
基隆郵局登記證
基隆廣字第 056 號

2 2 1 - 0 3

新北市汐止區大同路三段 194 號 9 樓之 1

雅典文化事業有限公司

編輯部 收

請沿此虛線對折免貼郵票，以膠帶黏貼後寄回，謝謝！

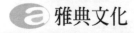
雅典文化

為你開啟知識之殿堂